복 많이 받아라

복 많이 받아라
김미자 에세이

초판 인쇄 | 2011년 10월 25일
초판 발행 | 2011년 10월 30일

지은이 | 김미자
펴낸이 | 신현운
펴는곳 | 연인M&B
기 획 | 여인화
디자인 | 이수영 이희정 김선희
마케팅 | 박재수 박한동
등 록 | 2000년 3월 7일 제2-3037호
주 소 | 143-874 서울특별시 광진구 자양동 680-25호.(2층)
전 화 | (02)455-3987 팩스 | (02)3437-5975
홈주소 | www.yeoninmb.co.kr
이메일 | yeonin7@hanmail.net

값 12,000원

ISBN 978-89-6253-105-3 03810

향기로운 삶을 사는 사람 김미자의 향내 나는 진솔한 삶의 이야기

많이 받아라

김미자 에세이

하루에도 몇 번씩 하게 되는 '복 많이 받으라.'는 말이 나의 기도가 되고, 닉네임이 되었다. 친정어머니에게 받은 축복의 메시지처럼 만사가 형통하여 소망하는 일들이 순조롭게 이뤄져 부모 형제의 등대가 되고, 이웃에게는 행복을 전하는 행복의 전도사가 되기를 희망한다.

연인M&B

IT산업의 발달로 사회 흐름도 급변하고 있습니다. 새로운 패러다임을 구현한 스마트폰의 부상은 긴 글보다 짧은 글을 선호하게 만들어 문학의 새 장르를 탄생시켰습니다. 140자 이내로 글쓰기를 시도한 트위터 문학의 등장입니다. 수필도 가능하겠다 싶어 140~200자 미만의 단문수필을 시도해 봤습니다. 기존의 장(掌)수필보다 짧은 단문수필 12편과 2008년 『바라만 보아도 눈물이 난다』 출간 이후에 쓴 수필 중에서 45편을 골라 여섯 번째 작품집으로 묶었습니다.

문학인에게 최고의 스승은 책이고, 책보다 더 큰 스승은 자연이라지요. 눈이 침침하지만 많이 읽으려 했습니다. 알지 못하는 세상을 책에서 만났습니다. 선인들이 남기고 간 흔적을 좇으며 참 행복했습니다. 훗날, 먼 훗날 누군가 제 작품을 읽으며 그 시대에 그런 작가도 있었구나 하고 기억해 주는 독자가 있다면 무척 행복할 것입니다. 그럴 수 있기를 희망해 봅니다.

문학의 길로 인도해 주신 윤재천 선생님과 김대규 선생님께 감사드리고, 같은 길을 가고 있는 현대수필문인회, 화요문학회 동인들, 비교적 순탄하게 작가의 길을 갈 수 있도록 음양으로 도와준 가족에게 고마움을 전하고 싶습니다.

2011년 가을에
매강 김미자

향내 나는 수필

시인 김대규

이 『복 많이 받아라』는 김미자의 여섯 번째 수필집이다. 첫 수필집 『마흔에 만난 애인』이 2001년에 간행되었으니, 2년마다 한 권씩의 작품집을 내놓은 셈이다. 웬만한 수필가로서는 엄두도 못 낼 일이다. 그만큼 많이 읽고, 많이 쓰고, 많이 생각하는 문학 생활이 타의 추종을 불허하는 결실을 빚어내는 것이리라.

김미자의 수필 쓰기에는 새로움의 모색을 위한 궁리가 참 많다. 그녀의 대표작이라 할 수 있는 『복희 이야기』 1, 2권에서는 '동수필' 의 진면목을 보여 주었고, 『애증의 강』에서는 콩트와 시가 어우러진 '퓨전수필' 을 시도했다. 그리고 이번에는 장(掌)수필보다 짧은 140~200자 미만의 '단문수필' 을 선보이고 있다. 「만추(晚秋)」라는 작품 한 편을 인용해 보겠다.

가을걷이가 끝난 텅 빈 들판에 깃든 고요가 그리움을 몰고 온다. 사랑했던 사람들과 이별을 준비해야 될 연령에 와 있다. 허전하고 쓸쓸하다. 그렇게 흘러가는 게 인생이라고 바람에 나부끼는 낙엽이 내게 말한다.

인생의 가을을 맞이한 계절적 서정성이 생각을 깊이 하게 한다. 문학이란 느낌과 생각이 어우러져 감동을 선사할 때 좋은 글이 되는 것이다. 이런 점에서 내가 새삼 유의하게 된 것은 글쓰기의 형식성이 아니라, 글쓰기의 경지랄까 품격 같은 것에 대한 내용의 숙성감이다.

김미자는 화초 한 그루에도 온갖 정성을 기울이며 동고동락의 시간을 보낸다. 중요한 것은 그의 삶의 일부가 된 자연 동화의 교감이 인간화된다는 것이다. 김미자에게 있어 자연은 인간교육장으로 누구보다도 뛰어난 학생이 되고자 마음을 쓴다. 그는 "살아가면서 누군가에게 작은 힘이나마 도움이 되는 그런 삶을 살고 싶은 것이다."(「가장 진실하고 정직한 그」)라고 토로한다. 바꿔 말하면 화초를 돌보듯 사람도 돌보겠다는 것이다. "하루에도 몇 번씩 하게 되는 '복 많이 받으라'는 말이 나의 기도가 되고, 닉네임이 되었다."고 하니 이 또한 아무나 다다를 수 있는 삶의 경지가 아닌 것이다.

난(蘭)에서만 향기가 나는 것이 아니다. 잘 쓰인 글에서도 향기가 난다. 향기가 나는 글을 쓴 필자에게서는 사람의 향내도 풍겨 나온다. 향기로운 삶을 사는 사람이 향기로운 글도 써낼 수 있는 것이다.

어느 분야에서보다 〈수필〉은 글과 삶과 사람이 삼위일체로 조화를 이뤄야 한다. 글 따로, 사람 따로, 삶 따로인 수필에서는 향기가 나지 않는다.

김미자는 평소 이런 점들을 깊이 생각하며 작품을 쓴다. 수필의 내용이 이를 말해 준다. 그런 수필집이니만큼 그 문향(文香)이 널리, 멀리 퍼져 나가기를 바란다.

2011년 가을

2. 소나기 마을

3. 복 많이 받아라

4. 자유의 날개를 달고

5. 편지를 태우며

1. 난향을 음미하며

온 나라 안이 해군 초계함인 '천안함' 사고의 충격 속에서
46명의 젊은 해군 용사를 다시는 돌아올 수 없는 곳으로 떠나보내느라
우울하고, 잦은 지진과 화산 폭발, 폭우로 지구촌이 몸살을 앓으며
잔인한 4월을 보내고 있는 시간에도,
한겨울을 잘 건너 낸 난향으로 인해
잠시나마 우울로부터 벗어날 수 있었다.

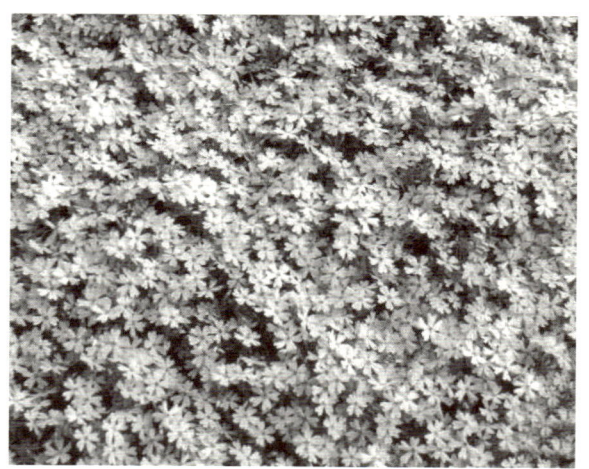

향기 보시

이십대를 넘기고 있는 숲이 새 옷을 입고 청춘을 불사르더니 어느덧 풍만함을 향해 질주한다. 작열하는 태양의 입맞춤은 향기 송이를 잉태케 하고 주렁주렁 매달린 아카시아 꽃이 천지사방으로 향기 보시를 떠난다.

갈잎 소리

화려함과 신록의 계절을 겪고 난 숲에서 들려오는 애잔한 갈잎 소리,
양분이 다 빠져 버린 푸석한 잎을 부여잡고 바르르 떨고 있는 모양이
애처롭다. 떠나고 싶지 않은 몸부림인가. 어찌 너희만의 일이겠니, 우
리네 인생도 그렇단다.

회화나무

그놈 참 잘 생겼다. 볼수록 맘에 든다. 훤칠한 키, 늠름한 모습에서 꼿꼿하고 당당함이 느껴진다. 언제부터 그곳에 자리를 잡았을까.

하루도 빠짐없이 가족들보다도 더 자주 보는 녀석이다. 처음엔 떡갈나무들과 어우러져 눈에 띄지 않더니 봄이 되니까 개성을 드러냈다. 제 이웃들은 기지개를 켜며 예쁜 옷으로 갈아입는데 그놈은 꿈적도 안 했다. 눈만 뜨면 바라보는데 병자처럼 움틀 기색이 안 보여 제 키만한 아파트 건물에 치여 생명을 버렸나 걱정이 되었다. 한 폭의 그림처럼 창문 안에 쏙 들어와 무시로 감상하며 행복했는데……

승강기에서 만난 이웃에게 그 나무 얘기를 했더니 결코 죽지 않았다고 단언한다. 그이도 회화나무에 관심이 있었나 보다. 반신반의하며 지켜보았다. 아니나 다를까. 죽은 듯했던 나뭇가지에서 잎이 돌아나기 시작했다. 대추나무만 늦게 움을 트나 했는데 그놈도 더디게 세상 구경을 했다. 다른 벗들은 이미 새 옷을 입고 하늘거리고 있을 때, 그제야

느림의 미학을 알기라도 한 듯 천천히 잎을 틔우고 꽃을 피워 살아 있음을 과시했다. 반가웠다.

도대체 저 게으른 녀석의 이름이 뭘까. 잎과 꽃을 보니 전에 살던 평촌 샘마을 뒤편에 있던 가로수와 같다. 처음엔 그곳의 즐비한 가로수가 아카시나무인 줄 알았는데 알고 보니 회화나무였다. 내 시선을 묶고 있는 녀석은 그놈들과 같은 종족이었던 것이다. 잎 모양과 꽃이 아카시나무와 닮기는 했으나 더디 잎을 틔우고 꽃 향도 다르며 약재로서 효능도 다양하다. 뿐만 아니라 예부터 신성한 나무로 대접을 받아 오며 서양에선 학자나무, 중국에서는 출세의 나무, 마을 수호신인 신령나무, 마을 어귀에 서 있는 정자나무 등 여러 이름으로 불린다. 현재 우리나라에서 천연기념물로 보호받고 있는 수령이 오래된 나무도 여러 그루다.

녀석의 정체를 알고 나니 더 관심이 간다. 터줏대감으로 얼마를 살았기에 저토록 우뚝 솟았을까. 군계일학처럼 여러 종류의 나무 사이에서 유독 눈에 띄어 한눈에 들어온다.

나만 좋아하는 게 아니다. 새소리가 들려 눈을 돌려보면 녀석의 가지에 여러 마리가 앉아 놀고 있다. 날다람쥐도 수시로 드나들고, 까치가 집을 짓고 몇 년 살더니 부러진 가지에 위협을 느꼈는지 다른 곳으로 이사 갔지만 옛 터전에 자주 찾아와 지저귀며 놀다 간다.

비 오는 날, 빗방울이 잎에 부딪는 소리, 바람에 나부끼는 이파리의 울림과 미풍에 하늘거리는 모양을 하염없이 바라보며 잠시나마 일상에서 일탈하여 자연과 합일을 맛보기도 한다.

침상에 누워도 시야에서 벗어나지 않고 심령의 벗이 된 회화나무가 나를 정화시켜 주고 있다.

난향을 음미하며

지난겨울은 지구의 온난화가 무색할 정도로 추웠다. 겨울답지 않은 날씨로 불황을 겪고 있던 밍크제품이 재고까지 바닥날 정도였단다. 밍크공장을 하고 있던 지기의 걱정을 혹독한 겨울이 해결해 주었다. 한 가지 일을 계속하면 언젠가는 기회가 한번쯤은 오게 되어 있다는 말을 실감하고 있다. 제아무리 불경기라 해도 호시절을 맞는 업종이 있기 마련이다.

오랫동안 베란다에서 잘 적응하던 식물들이 이번 겨울에 생명을 잃었다. 학처럼 우아한 자태를 뽐내던 워킹아이리스, 몇 년이나 함께했던 산세비에리아, 이웃에서 버렸던 것을 데려다 잘 키우던 고무나무, 부자 되게 해 준다는 금전수, 4년을 잘 버텨 주던 엘레강스, 향은 없어도 화려한 꽃으로 집안 분위기를 돋우던 호접란이 관리 못한 주인을 원망하며 동사했다.

베란다에서도 한겨울을 거뜬히 나고 이듬해 꽃을 피우던 저들이었기에 얼어 죽을 것 같은 몇몇 화분만 거실에 들여놓았는데, 유난히 추운 겨울을 이기지 못하고 가 버린 것이다. 죽은 가지를 정리하면서 참 미안했다. 잠깐씩이나마 나에게 휴식의 묘미를 안겨 준 화초들이었기에 가슴이 아팠다.

그나마 다행이라면 30여 개의 동양란은 건재한 것이다. 분갈이해서 열심히 돌봐 준 대가를 톡톡히 보여 주고 있다. 아직 추위가 가시지 않았는데도 꽃대가 올라오기 시작했다. 서옥과 금기, 철골소심과 백화보세가 서로 경쟁이라도 하듯 이쪽저쪽에서 꽃대를 키우더니 꽃망울을 주렁주렁 매달고 개화 준비를 하고 있다. 반갑고 고마워서 한마디씩 던져 주었다. "안 죽고 살아 줘서 고마운데 꽃까지 선물하려고? 고맙다. 정말 고맙다."

내 말을 들은 것일까. 생각지도 않았던 푸석한 이파리를 가진 달마가 고개를 내밀며 시선을 끌었다. 믿기지 않아 유심히 관찰했다. 더디지만 꽃대가 조금씩 자라고 있다.

어느 날 아침, 거실로 나갔더니 집안에 향기가 가득했다. 하루를 시작하는 내게 은은한 난향을 선물한 것이다. 내게 뿐만 아니라, 우리 가족에게도, 우리 집에 오는 손님들에게도 그윽한 향기를 뿜어 기분 전환해 주었다. 참 고마운 녀석들이다. 모진 추위 속에서도 꿋꿋하게 버티더니 그 멋진 향을 품기 위함이었던가.

온 나라 안이 해군 초계함인 '천안함' 사고의 충격 속에서 46명의 젊은 해군 용사를 다시는 돌아올 수 없는 곳으로 떠나보내느라 우울하고, 잦은 지진과 화산 폭발, 폭우로 지구촌이 몸살을 앓으며 잔인한 4월을 보내고 있는 시간에도, 한겨울을 잘 견뎌 낸 난향으로 인해 잠시나마 우울로부터 벗어날 수 있었다.

쌀쌀한 4월이지만 거실 문을 활짝 열어 놓고 난향을 음미하며 영혼을 정화시키고 있다.

네 이름은?

네가 우리 집에 들어온 지 2년
처음 올 때는 아주 작은 조각에 지나지 않았지.
어디에 두어도 군말 없이 잘 자라던 네가
어느 날, 수줍은 듯 속살을 보이더니 천천히 아주 천천히
보기도 찬란한 자태를 조심스럽게 선보였지.

세 개의 새하얀 날개를 늘어뜨리더니
청보라 속옷으로 예쁜 화관을 만들었지.
신비는 그것으로 끝나지 않고
누군가를 보호하는 듯하더니
생명의 근원을 내보이는 것이었어.
자세히 들여다보지 않으면 아무도 눈치 채지 못할
순백의 미세한 생명의 씨가 빛을 받아 눈부셨지.

그렇게 태어난 너는
때라도 묻을세라 다시 날개를 접더니
속옷마저 돌돌 말아 닫고
추레해진 뒷모습을 보이기 싫은 듯
금세 자취를 감추고 말았지.
참 짧은 영광이었어.

한데 그렇게 아름다운 네 모습을 보고도
이름 한번 불러 주지 못했어.
너를 향한 가족의 사랑은
핸드폰과 카메라, 비디오에 담아 보는 것으로
만족할 수밖에 없었음을 이해할 수 있겠니?

네 뿌리를 찾고자 너의 아름다운 자태를
인터넷 세상에 올려놓고 애타게 기렸지만
소용없이 한해를 보냈었지.

넌 일란성 쌍둥이였나 봐.
고고한 자태를 채 하루도 보여 주지 않고 말없이 자취를 감추더니
바로 그 옆자리에서 너와 똑같은 예쁜이가 활짝 웃고 나오더군.
우리는 너의 아름다움에 또 한 번 행복했지.
한 몸에서 두 번이나 예쁜 모습을 선보이고

종족 번식하는 것을 보면 대단한 본능이야.
한 해 동안 늘어난 가족과 화기애애하게 사는 모습이
참 보기 좋았어.
아옹다옹하며 사는 우리 인간들보다 낫더라고.

한겨울에도 기죽지 않고 잘 견뎌 주더니
올봄에는 더 많은 가족을 데리고 나와 자랑했지.
어쩜 그렇게 학처럼 고고한지 보면 볼수록 황홀했어.
이번엔 꼭 네 뿌리를 찾고 이름도 찾아 주고 싶은 마음이 간절하여
카메라에 너의 예쁜 모습을 담아 놓긴 했는데…….

아, 정말 우연이었어.
아니 나의 간절함을 알고 네 종족의
영혼들이 나를 불러들였는지도 모르겠어.
나처럼 너의 이름을 애타게 찾는 이들을 만난 거야.
인터넷에 올라온 사진을 보니 너와 똑같은 족속들이었지.
가슴이 두근거리더군.
2년 동안이나 기다려 왔는데 왜 아니겠어.

네 이름은?
그 이름도 고상한 '네오마리카 그라실리스'
'워킹아이리스'라고도 하고,

네 모습이 청순하고 고고한 학을 닮았다 해서
'학란' 이라고도 부른다는 거야.

네 이름을 부를 수 있어서 기분이 아주 좋아.
앞으로 우리 가족과 행복하게 잘 지내자.
네가 가족들을 늘려 가도록 분가도 시키고
많이 사랑해 줄게.

너희들로 인해 많은 사람이 행복하다면
난 행복한 사람들을 늘려 갈 거야.
인생이란 베풀면서 살아야 된대.
내가 너로 인해 덕을 베풀 수 있다면
그보다 더 큰 보람이 또 있겠어?

내 사랑, 네오마리카 그라실리스여!
행복을 전해 줘서 고맙다.
우리의 인연을 자축해야겠다.

산새들이 떠났다

오랜 가뭄을 잘 견뎌 낸 나무들이 힘차게 소생하여 이젠 제법 예쁜 옷으로 갈아입었다. 여인의 치맛자락처럼 간간이 보이던 숲 속의 진달래꽃도 사라지고, 흐드러지게 피었던 산벚꽃 이파리가 눈 날리듯 한다. 화사하게 피었던 백목련과 개나리꽃은 밀며 올라오는 이파리에게 바통을 이어 주고 다음 해를 기약하며 먼 길을 떠났다.

숲 속의 사계는 변함이 없는데 해마다 찾아오던 산새들이 보이지 않는다. 봄만 되면 아침저녁으로 경쟁이라도 하듯 지저귀던 쏙독새며 소쩍새, 꾀꼬리, 산비둘기가 잠잠하다. 숲이 연녹색으로 새 옷을 입으면 어김없이 찾아오던 산새들이 어디로 떠난 것일까.

그 사이 숲에 큰 변화가 생겨 아파트 입주 5년차에 접어들면서 울창하던 숲 속에 없던 길이 사방팔방으로 났다. 사람들은 건강을 다진다고 시도 때도 없이 길을 만들어 드나들며 왁자지껄하게 떠든다.

산새들이 숲을 인간과 공유하기가 싫어서 떠난 것일까. 옆에 사는 나도 인간의 소리가 거슬리는데 저희 영역까지 침범한 인간이 좋을 리 없을 테지.

작년만 해도 새벽마다 찾아와 '쏙쏙쏙' 대던 쏙독새 때문에 새벽잠을 설치고, 아침저녁으로 들려오던 소쩍새는 유년 시절의 고향을 떠올리게 했다. 수시로 들려오던 둔탁한 소리의 주인공을 몰라 궁금했던 산비둘기, 처음엔 지루하게 울어 대는 그 소리가 운동하면서 내는 사람들의 구령 소리인 줄 알았다. 질기게도 오랫동안 울어 대 스트레스를 받곤 했는데 이제는 그 산비둘기 소리마저 들을 수 없다.

청아하고 경쾌했던 꾀꼬리 소리는 초등학생인 막내아들을 즐겁게 했다. 막내는 꾀꼬리 소리가 들리면 뒤 베란다로 달려가 창밖에 대고 '휘휘 휘~오' 소리를 냈다. 그 소리가 얼마나 똑같았던지 꾀꼬리가 알아들었다는 듯 화답했다. 막내는 신이 나서 휘파람으로 '휘휘 휘~오, 휘휘 휘~오' 하며 꾀꼬리 소리를 흉내 내곤 했다. 짝을 부르던 장끼 소리도 아련한 추억 속으로 사라지고 말 것인지 못내 아쉽다.

인간들이 눈치도 없이 건강에 좋다며 박수 치고 야호 소리 내며 그들의 영역까지 파고들어 그들만의 은밀한 생활에 방해가 되었나 보다. 자연을 생활 터전으로 살던 산새들이 인간의 문명이며 이기를 가까이 두고 보는 것도 괴로웠을 것이고, 고층 아파트로 둘러싸인 산자락만으로는 살기가 힘들었을 게다.

절이 싫으면 중이 떠나듯 산새들이 인간 가까이 머물기 싫어 떠났는데 무슨 할 말이 있겠는가. 내가 산새였다 해도 보다 먼 곳을 찾아 청정한 숲에서 자유를 만끽하며 자연의 섭리에 따라 유유자적했으리라.

이사 오던 해에 새들이 지저귈 때마다 그 소리의 주인공이 궁금해서 인터넷을 뒤져 찾아보았다. 생태학교 사이트에서 새소리 모음을 클릭하여 듣다가 귀에 익숙한 소리가 들릴 땐 보물을 찾은 듯 반가웠다.

쏙독새, 소쩍새, 꾀꼬리, 뻐꾸기, 장끼, 지빠귀, 때까치, 올빼미 소리를 지척에서 들을 수 있다는 게 얼마나 큰 축복이었던가. 산새들의 지저귐을 CD에 저장해 두었다가 지기들이 오거나 우리 아이들에게 들려주며 참 행복했는데 안타깝다. 그들과 교감하며 오래도록 살 줄 알았는데 5년 만에 어디론가 훌쩍 떠나 버린 것이다. 오랜 지기를 잃어버린 것처럼 섭섭하다.

그들이 떠날 수밖에 없도록 만든 것은 인간이다. 동물이나 산새들이 떠난 환경이라면 인간에게도 이로울 게 없다. 휴식년제라도 실시하여 근교의 숲을 지킨다면 좋을 텐데 안타까운 마음뿐이다.

숲이 부른다

뒤 숲에서 수런대는 소리가 들린다. 어서 와 보라고 재촉하는 소리 같다. 창밖을 보니 숲이 요동을 친다. 가 봐야 될 것 같아 운동화를 찾아 신고 숲으로 향했다.

한바탕 광풍이 지나간 흔적이 눈에 띈다. 약하거나 이미 생명이 꺼진 나뭇가지들이 튕겨 나가 어지럽게 흩어져 있다. 그렇게 숲이 또 한 번 정리되고 여백의 미를 보여 준다.

자라기만 하고 정리되지 않은 빽빽한 숲이 꼭 좋은 것만은 아니다. 아파트 앞 화단의 빈 공간에 나무 한 그루 심어 주길 원했더니 심어 봤자 또 죽을 것이라며 나무도 저희끼리 자리를 차지하기 위해 영역 다툼을 한다고 조경사가 귀띔해 준다. 생명이 있는 것은 다 그렇게 경쟁하며 사나 보다.

해마다 대형 화재 소식을 듣는다. 산불이 꼭 인재가 아닌 경우도 있단다. 미국이나 호주, 캐나다, 뉴질랜드와 같은 큰 나라에서는 산불이

나면 대형 화재로 번져 며칠씩 간다.

숲이 너무 빽빽하면 저희끼리 부딪쳐 불꽃을 내어 죽을 놈은 죽고, 고비를 이겨 낸 놈은 튼실하게 자라 재목이 된다. 자연발생적인 산불은 살아가기 위한 나무들의 몸부림이다.

뒷산이라 해서 그런 이치에 합당하지 않는 것은 아니다. 한겨울 휘몰아치는 북풍에 꺾일 놈은 꺾이고, 건장한 놈은 몸을 단련해 사계절을 선보이며 숲을 굳건히 지키고 있다.

우리는 그 숲을 이용하면서도 무심코 지나치지만 그런 인고의 세월을 이겨 낸 나무들은 숲의 주인으로서 자격을 갖추고 있다.

숲 속을 천천히 걸으며 묵묵히 숲을 지키고 있는 나무들을 유심히 본다. 같은 환경인데도 자라는 속도나 모양이 제각각이다. 매일같이 눈을 맞추는 아름드리 회화나무 아래에 가서 둥치를 만져 본다. 단단하다. 위를 올려다보니 끝이 보이지 않는다. 창문을 통해 늘 마주하는 나무라 남다른 애정이 간다. 언제부터 그곳에서 뿌리를 내렸는지 그의 호적이 궁금하다.

샴쌍둥이처럼 회화나무와 한 뿌리처럼 붙어 자란 떡갈나무는 그 모양이 처량하다. 친구에게 치였는지 곧게 뻗지 못하고 가로 누워 자랐다. 집에서 바라보면 전혀 다른 장소에서 자란 나무 같다.

같은 환경, 같은 부모, 한 배에서 낳은 내 자식들을 떠올리게 한다. 한 배에서 낳은 자식들이 아롱이다롱이 성향이 제각각인 걸 보면 그것도 자연의 섭리로 사는 이치인가 보다.

숲이 소란스러웠던 이유, 날 불러낸 이유가 저희들의 삶도 한번쯤 살

펴 달라는 호소였을까. 제 터전의 일부를 저층 아파트 대단지에 내주
고 몇 십 년을 살다가 이젠 제 키보다 높은 고층 아파트에 자리를 내주
고도 잘 자라 준 나무들이 참 기특하고 고맙다.

숲 속 오솔길을 홀로 걸으며 우리네 인생을 생각해 본다.

오솔길을 걸으며

오월의 끝자락에서 게름뱅이 회화나무가 미색 꽃을 풍성하게 피워내고 있다. 다른 꽃들보다 한 발짝 늦은 개화다.

봄바람이 한바탕 휩쓸고 지나간다. 상아빛 꽃잎이 눈처럼 날리고 있다. 매창의 이화우(梨花雨)가 떠오른다.

이화우 흩뿌릴 제 울며 잡고 이별한 님,
추풍낙엽(秋風落葉)에 저도 날 생각난가.
천리에 외로운 꿈만 오락가락하노라.

배꽃은 아니지만 꽃잎이 날리는 걸 보니 매창의 시조가 생각나고 시조에 깃든 임 향한 심정을 십분 이해할 수 있겠다.

창밖에 시선을 묶고 하염없이 흩날리며 내려앉고 있는 꽃 이파리를 바라보다가 몸으로 느끼고자 집을 나선다. 숲 초입부터 하얗게 꽃길이 만들어졌다. 임이라 부르는 연인은 없지만, 소월의 「진달래꽃」을 음미하며 임이 되어 조심스럽게 발걸음을 옮겨 본다.

누구를 위한 길인가. 무시로 드나드는 인간을 위한 희생은 아닐 테고, 저들도 그들의 사는 법칙에 따라 잎이 나고 꽃을 피우며 열매를 맺기 위해 순환의 법칙을 지키고 있는 것이리라. 우리네가 일평생을 살아가는 것처럼…….

꽃잎으로 덮인 오솔길을 걸으며 인간사에서 일탈해 본다. 꽃과 나무 향을 마음껏 마시며 천천히 걷는 오솔길이 천국의 길처럼 아늑하게 느껴진다. 얼마나 오붓하고 살찐 혼자만의 시간인가. 방해받고 싶지 않은 시간이다. 한 발 내딛기가 아까운 것은 누군가 인기척을 낼까 봐, 오솔길이 끝날까 봐 두려워서다.

바람이 찾아와 아름드리나무를 흔들고 지나간다. 꽃잎이 머리 위로, 눈썹 위로, 얼굴로, 어깨 위로 눈처럼 사뿐사뿐 내려앉는다. 굳이 털어내고 싶지 않아 그대로 둔다. 머리에 쌓이면 어떻고 얼굴에 달라붙은들 어떠랴.

봄 햇살이 숲 속을 가득 메운다. 우거진 숲에 가느다란 빛이 스며들고 있다. 고층 아파트에 가려 좀처럼 빛을 못 받을 것 같은데 태양은 그렇게 공평하게 골고루 사랑을 나눠 주고 있다. 새삼 대자연의 위대함에 경건한 마음이 된다.

오솔길을 벗어나자 자애로운 햇살이 반긴다. 예쁜 꽃을 매달고 옹기종기 모여 앉은 제비꽃들이 일광욕을 즐기며 햇살과 놀고 있다. 뿐만 아니라 엉겅퀴며, 돼지풀, 강아지풀, 개망초, 애기똥풀 등 온갖 잡초들이 햇살에게 눈웃음치며 고개를 내밀고 있다. 불과 한두 달 전만 해도 푸석했던 숲이 생명체로 가득 차 싱그러움을 듬뿍 품고 있다.

우리 인간에게 득이 되든 독이 되든 그들도 일생을 보내기 위해 고개를 쳐들고 힘 있게 살아가는 것이겠지.

예쁘다, 싱그럽다. 짙푸른 수목과 잡초들이 어우러진 숲은 우리네와 닮았다. 인생은 그렇게 어우러져 사는 것이라는 걸 깨닫게 해 준다. 숲 속의 오솔길, 꽃길을 걸으며 사색에 잠겨 본다.

황홀경

가슴 벅찬 황홀경에 빠져 본 적이 있는가.

살아오면서 황홀함을 느낀 적이 과연 몇 번이나 있었을까.

매달 여행 삼아 다니는 시골길은 축복 그 자체다.

태풍이 오거나 장마철에 집을 떠나더라도

고속도로 중간 지점에 이르면 거짓말처럼 날씨가 맑게 개어

우주의 섭리도 우리 편이라는 자부심을 안겨 준다.

지난 1월에도 그랬다.

설 명절이 끼어 있어 어머니를 모시고 올라오는 길이었다.

1월의 하늘에 엷은 비구름이 넓게 퍼져 있었고

우리는 멀미가 심한 어머니를 모시고 천천히 달리면서

날씨 이야기를 하며 김제 만경평야를 지나고 있을 때였다.

하늘에 흙먼지가 날리는 듯했다.

회오리바람 같기도 했다.

무슨 일인가 싶었는데 가까이 가 보니

수천 마리쯤 되어 보이는 새 떼가

무리 지어 이리저리 날아다니는데

마치 먹구름이 움직이는 듯했다.

보기 드문 장관이었다.

텔레비전을 통해 가창오리 떼의 군무는 보았지만

직접 눈으로 본 것은 처음이었다.

어머니는 새까만 무리가 새 떼라 말씀드렸는데도 믿지 못하셨다.

수천수만의 새 떼가 이리저리 움직이며

고속도로를 가로지르며 추상화를 그리는가 싶더니

홍예문 터널을 만들었다.

그 새 떼의 터널 속을 승용차로 달린다고 생각해 보라.

얼마나 환상적인가.

황홀지경이 있다면 바로 그 광경일 것이다.

아름다운 자연의 경관에 빠져 카메라에 담는 것도 잊었다.

짧은 순간이었지만 일생일대 처음 맛보는 황홀경이었다.

곤파스가 남긴 흔적

　태풍 7호인 곤파스가 전국을 긴장시키며 지나갔다. 빠른 속도로 지나가 다행이라는데도 여기저기에 그 위력을 과시한 흔적이 많다. 밤새 휘몰아치는 비바람 소리에 잠을 설쳤는데, 뒷산의 거목들도 밤새 시달렸나 보다. 아름드리나무가 뿌리째 뽑혀 넘어지면서 까치집이 있는 나뭇가지에 걸쳤다. 그래서 까치들이 그처럼 처절하게 울부짖었던가.

　뉴스 속보는 시시각각 태풍 곤파스가 지나간 자리를 중계하고 있다. 도심의 오래된 가로수들이 줄줄이 쓰러지고, 대형 경기장 천장이 무너져 내리는가 하면 양계장이며 비닐하우스가 바람에 날아가 졸지에 재산 피해를 입은 당사자들의 절망에 찬 모습들이 텔레비전 화면을 가득 메운다.

　이들을 돕기 위해 공무원들과 군 장병들이 팔을 걷어붙이고, 119구조대원들과 여러 사회봉사 단체에서도 재해 복구에 심혈을 기울이고 있다. 자연재해가 발생할 때마다 일사불란하게 움직이는 우리 민족의 성정(性情)이 놀랍다.

곤파스가 지나간 뒤, 바람이 잠잠한 틈을 타 가족이 뒷산으로 향했다. 숲이 쑥대밭으로 변했다. 나뭇가지와 이파리가 무수히 떨어져 길이 보이지 않고, 큰 바람에 시달린 나무들이 후줄근해 보인다.

산으로 올라갈수록 태풍의 영향이 얼마나 컸는지를 보여 준다. 아름드리나무들이 도미노처럼 쓰러져 길을 가로막고 누웠다. 사람의 손으로 치울 수 없는 거목이어서 중장비가 동원되어야 할 것 같다.

산 아래쪽인데도 큰 나무들이 뭉텅이로 쓰러진 것을 보니 곤파스의 위력이 크긴 컸나 보다. 산을 등지고 산 지 7년이 되어 가지만 이런 일은 처음이다. 그 오랜 세월 잘 버티며 자라던 나무들이 맥없이 쓰러지다니 사랑하는 자식이 다친 것처럼 마음이 짠하고 안타깝다.

산 중턱으로 올라가는 길목마다 백여 년이 넘은 듯한 거목들이 뿌리째 뽑히거나 둥치가 부러져 등산로를 막았는데도 사람들은 용케 쓰러진 나무를 피해 새로 길을 만들어 가고 있다.

이번 곤파스에 견디지 못하고 뽑힌 나무는 대부분 뿌리가 깊지 않은 큰 나무들이었다. 뿌리에 비해 덩치가 너무 커 버려 쓰러진 나무도 있고, 골다공증에 걸린 것처럼 속이 빈 나무도 여지없이 무너졌다. 바위 틈에 뿌리내린 젊은 나무는 튼실함을 자랑하듯 우뚝 버티고 서서 지나가는 등산객을 내려다본다.

울창하던 숲이 태풍과 한바탕 전쟁을 치렀으니 그들의 안목으로 보자면 처참함 그 자체일 것이다. 관악산 자락인 비봉산을 넘어 안양예술공원으로 가면서 부지기수로 쓰러진 나무들을 만났다. 수많은 세월의 흔적이 한순간에 사라진 것을 보니 마음이 아프고 기분이 울적해진다.

숲이 울창하면 간벌을 해 줘야 나무들이 튼튼해지는데 그렇게 해 주지 않으니 자연의 힘을 빌려 저희들끼리 부딪쳐 부러지고 쓰러지면서 종족 보존하는 법을 익히고 있는 것일까.

새벽에 창문 너머에서 우지끈 하는 소리에 놀라 잠을 깼다. 까치집 나무에 걸쳐 있던 굵은 나무가 받쳐 준 나뭇가지를 꺾고 바닥으로 떨어지면서 나는 소리였다. 덩치 큰 나무들이 쓰러지면서 주변의 나무들에게까지 상처를 주었다.

큰 나무들이 없어지니 빽빽하던 숲에 공백이 생겼다. 나무 사이로 먼 산이 보이고 흰 구름이 떠가는 파란 하늘이 한눈에 들어온다. 희생된 나무들로 인해 숲이 건강해진다면 더 바랄 것도 없겠지. 오래된 나무들이 젊은 나무들에게 바통을 이어 주고 떠나는 것처럼 보인다. 숲도 우리네 인생처럼 세대교체가 이루어진 셈이다.

태풍 곤파스가 남긴 흔적을 보며 다시금 깨닫는다. 나이를 먹으면 자연으로 돌아가는 삶의 법칙에 순응해야 세대교체도 이뤄지고 사회도 발전적으로 변화되리라.

받아들이자. 태풍도 대자연의 일부분이라는 것을, 그리고 대자연의 섭리를 보면서 세상 이치에 따르는 법을 배워야 한다는 것도.

드라세나 와네키

이번 겨울은 유난히 추웠다. 침체된 경제로 인해 우리 서민이 느껴야 했던 추위는 더 혹독했다. 날만 새면 오르는 유가로 난방을 절제하고 시골에 계신 연로하신 부모님들도 기름 값 아낀다고 춥게 지내다 감기를 몸에 달고 살며 이중고에 시달렸다.

어찌 우리 인간에게만 해당된 일이겠는가. 지난겨울 내내 구제역이란 몹쓸 병으로 수많은 돼지와 소들이 하루아침에 생매장되고, 파묻혔던 동물들의 시체가 썩어 지하수를 오염시키는 일이 발생했다.

이상 한파는 자연의 섭리에도 영향을 줘 혼란을 초래했다. 제일 큰 피해자는 자연을 믿고 사는 우리 인간들이었다. 양어장과 양식장, 농작물이 피해를 입다 보니 생산량이 줄어들면서 도미노처럼 모든 물가가 천정부지로 올라 서민들의 한숨 소리만 커져 갔다.

직장인은 그나마 매달 나오는 월급이 있으니 자영업자보다야 나았다. 공무원인 가장 덕분에 우리 가족은 큰 영향을 받지 않고 평소대로 잘 지냈으나 베란다의 화초는 한파로 인해 큰 변화를 겪어야 했다. 안으로 들여놓지 않아도 잘살던 녀석들이 혹독한 추위를 견디지 못하고 동사한 것이다.

여러 화초 중에서 어른의 키보다 더 크고 잎이 무성하여 베란다를 가득 메우던 드라세나 와네키의 동사는 화초에 별 관심이 없던 가족들 마음까지 아프게 했다. 저들을 보살피던 안주인이 감기 몸살로 몸져누워 지내는 동안 드라세나 와네키도 추위와 싸우며 안간힘을 쓰고 있었나 보다.

어느 날 자리를 털고 일어나 보니 무성한 이파리가 축축 늘어져 주인을 원망하는 듯 보였다. 추워서 움츠린 것이라 생각했는데 따뜻한 햇살이 인사를 해도 반기지 못하고 영영 떠날 기세였다.

한 화분에서 세 대의 드라세나가 다정하게 잘 자랐는데 그 모양새가 처량하다. 하도 싱싱하게 잘 자라서 추위쯤이야 견디겠지 싶어 들여놓을 생각도 안 했던 걸 후회하며 가위질했다. 이파리를 모두 잘라 내고 벌거숭이처럼 대만 남겼는데 그것도 얼었는지 생명이 없어 보였다. 밑에서 몇 센티만 남기고 미련 없이 과감하게 잘라 냈다.

튼튼하게 잘 자라던 녀석이 없어지자 베란다가 뻥 뚫린 듯 그 빈자리가 크게 느껴졌다. 녀석을 볼 때마다 안타까운 마음에 혹 새싹이라도 나지 않을까 기대하며 날마다 들여다보았다. 3월이 가고 4월이 와도 생명의 기미가 없었으나 더 따뜻해지면 좋은 소식이 있을 것 같아 희망을 가졌다. 햇빛이 잘 드는 곳에 따로 두고 날마다 들여다보며 말을 걸었다.

"넌 살 수 있어. 빛을 듬뿍 받으면 살아날 거야. 힘내!"

그 말을 알아들은 듯 움틀 기미가 보이기 시작했다. 그것도 한두 군데가 아니라 경쟁이라도 하듯 마디마디에 생명을 잉태하고 세상에 나올 준비를 하고 있었던 것이다.

온 가족에게 생명의 신비를 보여 줬다. 관심과 사랑의 힘이 인간에게만 해당된 것이 아니었다. 식물도 사랑의 힘을 알고 있었다. 세 개의 대에서 움튼 드라세나 와네키가 잘 자라면 튼실함의 표본이 되어 주던 이전의 모습을 되찾을 수 있으리라.

대지진과 쓰나미에 부모 형제와 전 재산을 잃고 절망에 빠진 사람들, 이상 한파에 재해를 입은 사람들, 사업에 실패한 사람들, 말로 형용키 어려운 처지에 처한 사람들에게 되살아난 드라세나 와네키의 강인한 생명의 신비를 보여 주고 싶다.

아름다운 우리 강산

'지구촌은 하나' 라는 말을 뒷받침하듯 이젠 해외여행이 일상화된 지오래다. 여행 다녀왔다는 말이 해외여행을 뜻할 정도가 된 것이다. 지기들은 아름다운 곳을 관광할 때마다 글 쓰는 사람이 보면 좋은 글을 쓰겠다며 세계 관광지를 추천해 주곤 한다.

내 생각해 주는 것은 고마운데 관심이 가지 않는 것은 왜일까. 여건상 갈 형편도 못되지만 내 안에 아름다운 우리 강산이 자리 잡고 있어 웬만해선 동요되지 않기 때문인지도 모르겠다.

요즘은 세상이 좋아져 집안에 앉아서 세계 각국을 구경할 수 있다. 매일 방영되는 EBS 테마기행을 보면 나라마다 특색 있는 전통과 문화를 눈요기하며 간접 경험을 한다. 꼭 가고 싶다는 곳이 그리 많지 않은 것은 우리나라가 좋다는 생각을 버릴 수 없어서다.

서해안고속도로를 이용해 시골에 갈 때마다 '우리나라는 참 좋은 나라다. 비록 땅은 좁지만 버릴 것 하나 없는 알토란 같은 아름다운 우리 강산' 이라는 강한 자부심을 갖는다. 이십 성상을 오가며 감상하는데도 매번 같은 생각에서 벗어난 적이 없다.

봄이면 물이 오르기 시작한 야트막한 산들이 한눈에 들어온다. 생명이 꿈틀대는 소리가 들리는 듯하다. 높은 나무에 걸쳐 있는 까치집들도 정겹고, 푸름으로 덮인 봉분이며 방음벽을 타고 오르는 판화 같은 넝쿨 줄기의 아름다움은 또 다른 매력이다. 여린 이파리 사이로 전시된 진달래와 벚꽃의 조화는 또 얼마나 아름다운가.

모가 자라는 들판과 녹음이 우거진 한여름의 산들은 세태에 찌든 감정을 정화시켜 주고 마음을 평화롭게 해 준다. 시골에 한 번씩 다녀오면 자동 세차장에서 세차하고 온 것처럼 심신이 청결해짐을 느낀다. 그래서 시골 다니는 게 즐거운 것인가.

산천의 가을은 물감으로 흉내 낼 수 없는 자연색을 연출한다. 감탄사가 절로 나온다. 매번 같은 길을 가는데도 감정이 변하지 않고 똑같은 생각을 하게 된다. 그만큼 자연에 동화되기 때문일까. 인생의 맛을 아는 나이가 되어 모든 사물이 아름다운 것일까.

우리 강산은 볼수록 아름답다. 남의 나라 큰 땅덩어리가 부럽지 않다. 아기자기해서 미국처럼 토네이도에 휘둘릴 일도 없고, 큰 지진에 피해당할 일도 없을 뿐더러 아프리카의 황무지나 아랍의 사막 같이 메마른 땅도 없다.

어딜 가든지 고향처럼 포근한 인정이 숨 쉬고 있는 곳은 우리나라뿐이다. 충청도를 가로 지나는 길에는 병풍처럼 둘러싸인 아담한 산들이 정답게 속삭여 주고, 전북 만경에 다다르면 지평선이 반긴다. 사시사

철 새 옷을 갈아입고 자태를 뽐내며 지나가는 행인을 즐겁게 해 주는 아름다운 우리 강산!

고향에서 만난 변산반도는 또 얼마나 아름다운가. 내 고향이 아닌 사람들이 더 좋아하는 곳이 우리 고향이다. 석양 노을이 지는 바닷가와 변산 자락에 걸터앉은 해넘이는 위대한 자연의 걸작이다. 어느 화가도 그 아름다움을 담아내진 못하리라.

아늑한 고향에 도착하면 반기는 피붙이들이 있어 살아 있음을 실감한다. 언젠가는 인생의 저편으로 떠날 사람들이지만 현재는 건강하게 살아 있어 만나면 반갑고 정겨운 것이다.

지천명에 들어서인가. 갈수록 아름다운 우리 강산에 애착이 간다. 만물을 품어 생명을 키우는 황토가 정답게 느껴진다. 이처럼 곱고 예쁜 산하를 두고 애써서 멀리 찾을 필요가 있을까 하는 생각에 변함이 없는 한 해외여행은 요원하다.

남편이 퇴직하고 나면 국내 곳곳을 여행하기로 했다. 땅끝 마을에서부터 아름다운 우리 강산을 누비며 맘껏 감상하리라.

2. 소나기 마을

깊은 산골짜기 기슭에 펼쳐진 테마 길을 따라 걸으며 작품 속으로 들어가 본다.
황순원 작가의 작품에 나타난 인물들의 순박함과 순수함은
독자의 마음을 정화시켜 주고, 배경은 향수를 불러일으킨다.
경제적으로는 궁핍했지만 자연 속에 묻혀 지내던 시절이 무척 그리워진다.
세대가 급변할수록 그리움의 크기도 배가될 것이다.

닮고 싶은 사람

옆집 며느리 보고 사람 된다는 말뜻을 이제야 실감합니다. 사람의 진가는 세월이 흐르면서 나타나더군요. 멀리서 볼 때와 가까이서 겪어볼 때와 다른 사람이 어찌 한둘이겠습니까.

겪어 볼수록 진국 같은 사람이 있습니다. 누가 싫은 소리를 해도, 흉을 보아도 동조하지 않고, 한마디 내뱉는 말 속엔 항상 긍정적이고 따뜻함이 있어 닮고 싶게 만듭니다. 쉽지 않은 일이기에 더 닮고 싶은 것입니다.

샤덴프로이데

이성적으로 생각할 때는 절대로 그러면 안 되는 줄 알면서도 남의 불행을 보면 상대적으로 위로가 되는 심리를 모르겠다. 남의 기쁜 일에 선뜻 축하하는 해 주지만, 알 수 없는 기분에 휩싸여 고뇌하게 된다.

'남의 불행이 나의 행복'이라는 불운(샤덴)과 기쁨(프로이데)의 독일어 합성어인 샤덴프로이데(schadenfreude), 남의 잘못이나 불행을 고소하게 여기는 심리 상태가 인간의 본성이라는 말에서 위안을 받는다.

백탑파 서생들

이덕무, 유득공, 박제가, 백동수 등 백탑파 서생들을 생각하면 떠오르는 시가 있다. 함석헌 선생의 「그대 그런 사람을 가졌는가」란 시다.

만 리 길 나서는 길
처자를 내맡기며
맘 놓고 갈 만한 사람
그 사람을 그대는 가졌는가.
온 세상이 다 나를 버려
마음이 외로울 때에도
"저 맘이야" 하고 믿어지는
그 사람을 그대는 가졌는가.
탔던 배 꺼지는 시간
구명대 서로 사양하며

"너만은 제발 살아다오" 할

그 사람을 그대는 가졌는가.

불의의 사형장에서

"다 죽어도 너희 세상 빛을 위해

저만은 살려 두거라" 일러 줄

그 사람을 그대는 가졌는가.

잊지 못할 이 세상을 놓고 떠나려 할 때

"저 하나 있으니" 하며

빙긋이 웃고 눈을 감을

그 사람을 그대는 가졌는가.

온 세상의 찬성보다도

"아니" 하고 가만히 머리 흔들 그

한 얼굴 생각에

알뜰한 유혹을 물리치게 되는

그 사람을 그대는 가졌는가.

『책만 보는 바보』를 읽으며 참 부러웠다. 그들이 비록 서생으로 태어나 사회에서 소외되어 살지언정 신뢰하고 사랑하며 우정을 나눌 벗이 있다는 게 얼마나 값져 보였는지 가슴이 찡할 정도였다.

마음이 통하고 허심탄회하게 대화를 나누며 서로 아껴 주는 벗이 있다는 것은 큰 자산이다. 동병상련이어서 한마음 한뜻이었을까. 금은보화로도 살 수 없는 그들의 우정에 감동을 받았다.

당대 서출도 아니고 할아버지 대에서 내려온 서생인데도 아까운 재능을 발휘해 보지 못하고 백탑 부근 오두막에 갇혀 글만 읽으며 가난하게 사는 이덕무는 별명이 책만 보는 바보인 '간서치(看書痴)' 였다.

서생인 벗들이 십시일반으로 재료를 모아 마당에 방 한 칸 들여 공부방을 지어 주고 '청장서옥(靑莊書屋)'이란 이름을 붙여 준다. 모두 어려운 처지라 방 한 칸 마련해 주기도 쉽지 않아 벗인 서상수는 아끼던 책을 팔아 보탠다. 그렇게 마련된 공부방은 백탑파 서생들의 사랑방이 되어 실학파의 산실 역할을 한다.

『북학의(北學議)』를 지은 박제가는 첩인 어머니와 본가에서 살면서 아버지를 아버지라 부르지 못하고, 배가 다른 형제들과 다른 삶을 살면서 서자라는 처지에 비애를 뼈저리게 느낀다. 그나마 열 살 때 아버지가 돌아가시자 본가에서 나와 삯바느질하는 어머니와 가난하게 살아간다.

이덕무보다 9살 아래인 박제가는 직선적이고 할 말은 다하고 입바른 소리 잘하는 사람으로 백탑파 서생 중에서 가장 적극적인 인물이다. 중국의 새로운 문물에 관심이 많아 당벽(唐癖)과 당괴(唐魁)라는 별명을 얻기도 한다. 벗들과의 시문집 『백탑청연집(白塔淸緣集)』을 펴내고 「백탑 아래에서 맺은 인연」이란 제목도 박제가가 지었다.

유득공은 이덕무보다 7살 아래로 박제가와 처지가 같고 생일도, 외아들인 것도, 홀어머니가 삯바느질한 것도, 어려서 아버지를 여읜 것도 같지만 어머니가 여걸처럼 대포가 커서 대가족을 부양하기 위해 부자 동네로 이사해서 삯바느질하며 생계를 이어 간다.

유득공은 인자한 어머니의 교육에 영향을 받아서인지 부드럽고 온유

한 성품을 지녔으며 주변 나라는 물론 내 나라 역사에 관심이 많아 역사자료를 모으고, 옛 도읍지를 찾아 전국 곳곳을 돌며 문헌에 잘 나타나지 않은 역사의 흔적을 찾으려고 애쓴다.

조선에 관한 내용이 한 줄이라도 있으면 그것을 수집하여 기록으로 남긴다. 그의 대표적인 시집은 1778년에 옛 도읍지를 둘러보고 쓴『이십일도회고시(二十一都懷古詩)』다.

이덕무의 처남이자 벗인 백동수 역시 할아버지 대에서부터 내려온 서출 집안 무인 출신 서생이다. 핏줄은 못 속이는 법인가. 증조할아버지가 평안도 병마절도사까지 지냈고 서자인 할아버지도 평안도 병영에 계실 만큼 무인의 피가 백동수에게도 흐르고 있다. 백동수 역시 다른 벗들처럼 많은 식솔을 책임지며 가난하게 살았다.

벗 중에는 명문가의 자제이며 적자 출신 이서구가 있다. 그는 책을 좋아하여 신분을 가리지 않고 백탑파 서생들과 어울리며 학문의 턱을 높였다. 책을 서로 바꿔 보며 왕래가 잦아 문턱이 닳고 책장도 닳을 정도로 백탑파 서생들과 교유(交遊)하며 우정을 나눈다.

백탑파 서생들에게도 스승이 있었다. 신분을 초월하여 그들의 애환을 이해하고, 재주를 알아 주는 담헌 홍대용과 연암 박지원이다. 홍대용과 박지원 역시 교분이 두텁고 막역한 사이여서 한마음 한뜻으로 백탑파 서생들의 구심점이 되어 많은 가르침을 준다.

신분제도에 얽매이지 않고 학문을 논하고 높은 지식을 인정해 주는 두 스승이 있었기에 백탑파 서생들이 정조의 부름을 받고 세상 밖으로 나갈 수 있었다.

정조의 발탁으로 규장각 검서원으로 일하면서 모두 한 번씩 대륙에 다녀오고, 그 경험은 이들의 안목을 한층 더 업그레이드시켜 준다. 중국 견문으로 새로운 문물에 관심을 갖고 실생활에 활용해 보려 애썼던 지식인 서생들을 생각하면 가슴 깊은 곳에서 아릿한 아픔이 밀려온다.

정조가 조금만 더 오래 살았다면 그들의 쓰임이 더 컸을 테고, 나라의 발전에도 더 크게 이바지했을 텐데 하는 안타까운 마음이 들다가도, 그들이 세상 밖으로 나와 빛을 본 것만도 천만다행이지 싶다.

이덕무, 박제가, 유득공, 백동수와 같은 서생들을 천거해 준 담헌 홍대용 스승과 그들의 재능을 알아본 정조의 혜안에 감동이 인다. 비록 늦은 감이 있긴 하지만 인재들을 적재적소에 앉혀 조금이나마 나라 발전에 이바지할 수 있었으니 얼마나 다행한 일인가. 만약 그들이 재능을 발휘해 보지 못하고 신분제도에 갇혀 살다가 떠났다면 가치로 환산할 수 없는 큰 손실이 있었을 게다.

그 아버지에 그 아들이라 했던가. 아버지 이덕무의 유고집을 정리한 아들 이광규, 유득공의 아들 유본학과 유본예, 박제가의 막내아들 박장암도 아버지들의 뒤를 이어 검서관으로 일하면서 많은 저서를 남겼다. 백탑파 서생들의 후예들이 남긴 저서가 오늘날 귀중한 역사 자료가 되었음은 말할 것도 없다.

인생에 있어 제일 중요한 세 가지 인연은 부모 자식으로 만난 인연과 스승과 제자로 만난 인연과 부부의 연으로 만나는 인연이라 했다. 백탑파 서생들이 늦게나마 쓰임을 받을 수 있었던 것도 이런 인연의 소산이었으리라.

창대와 장복이

박지원의 『열하일기』에 빠졌다. 읽을수록 재미있다. 처음엔 '일신수필'이라는 용어가 최초로 쓰인 작품이라서 호기심으로 읽었고, 두 번째는 좀 더 자세히 이해하고자 읽던 중 재미있는 발상이 떠올라 북한 학자인 리상호 번역본 상·중·하 세 권을 구입했다.

『열하일기』에 몰입하여 문명이 없던 1780년 44세의 박지원이 되어 문화의 충돌을 겪으며 미지의 세계로 빠져 본다. 시골에서 자란 탓에 과거로 돌아가고 그 과거에서 더 먼 과거로 시간 여행을 떠나는 상상은 어렵지 않다.

양반인 박지원의 입장에서 읽다가 구미를 당기게 하는 이름들이 눈에 들어왔다. 마두, 견마잡이, 하인들인 창대와 장복이, 시대, 대종, 득룡, 춘택, 태복이, 영돌이 등이 있어 지루함 없이 그 두꺼운 책을 읽을 수 있었다.

조연과 스태프들이 있어야 한 편의 영화가 완성되고, 조연의 역할에 따라 감칠맛이 나듯 『열하일기』도 그랬다. 주연급인 조연들이 그 먼 여행길을 동행하며 양반들의 뒤치다꺼리하면서 빚어지는 일상이 미소 짓게 만든다.

창대는 마부로, 하인 장복이는 견마잡이로 박지원을 따라나섰다. 이 두 사람은 초행길인 박지원의 중국 여행을 더 흥미롭게 만들어 준다. 압록강을 건널 때 두 사람이 보여 준 충성은 감동적이다.

박지원을 말안장에 태우고 창대는 말머리를 붙들고 장복이는 뒤에서 박지원이 넘어지지 않도록 힘껏 붙들어 거센 물살에 떠내려가지 않기 위해 사투를 벌이는 장면을 상상해 보라. 손에 땀이 배는 긴장감이 느껴진다. 그처럼 순박하고 성실한 충복도 드물다. 하인이라는 신분에 단 한 번의 불평도 없이 그 많은 짐까지 책임져야 했으니 오늘날 같으면 상상도 못할 일이다.

창대는 앞에 서고 장복이는 뒤에 붙었다. 창대는 말고삐를 잡고 섰는데 장복이가 보이지 않았다. 얼마간 있다가 장복이가 삿갓을 비껴들고 비를 가린 채 손에는 작은 오지병을 들고 아래위로 두리번대면서 길가에 서 있는 소각문에서 나와 이편으로 사뿐사뿐 걸어온다. 사정인즉 우리나라 돈을 밖으로 지니고 가지 못하게 하는 금법이 있으므로 이자들이 가졌던 돈을 길에 내버리기는 아까우니까 서로 주머니를 털어 돈 스물여섯 닢을 모아 술을 샀다고 한다.

창대가 어디서 술 한 병과 볶은 닭알 한 접시를 들고 와서 권하면서 "어데를 가셨습니까? 소인은 속이 타서 꼭 죽을 것만 같았습니다." 하면서 짐짓 응석을 부려 내게 정성을 보이려고 하는 꼴이 한편으로는 밉살스럽고 한편으로 우습다. 허나 술은 내가 즐기는 바요, 닭알까지 가져왔으니 눈을 감을밖에.

사람 됨됨이나 박학다식함이나 예에 있어 나무랄 데 없는 박지원이지만 하인을 바라보는 시각은 냉철했던 모양이다. 곳곳에서 창대와 장복이가 나오는데 안타까울 때가 한두 번이 아니다. 신분 계급을 초월한 인간적인 따뜻한 장면이 없어 내내 아쉬웠지만 다행히 대화가 제법 이어지는 장면이 군데군데 보인다.

장복이가 별안간 말안장을 머리에 둘러쓰고 허리에는 등자 한 쌍을 차고는 조금도 부끄러운 기색이 없이 천연스레 앞에 서서 기다리고 있었다. 나는 웃으면서 "이 녀석, 왜 두 눈깔은 같지 않느냐?" 했더니 보는 사람들이 모두 깔깔 웃었다. (도둑맞지 않으려고 챙긴 것)

며칠 밤 잇달아 잠을 버성기고 보니 해가 돋고 나서는 유달리 곤했다. 창대를 시켜 말고삐를 놓고 장복이와 함께 양쪽으로 나를 꽉 붙잡도록 하고 말 위에서 도적잠을 한잠 자고 나니 정신이 바싹 나고 주위의 물색이 새롭게 보였다.
장복이가 있다가 "아까 몽고 사람이 약대를 두 마리 몰고 가더이다." 하기에 나는 나무라면서 "왜 내게 고하지 못했니?" 하니 창대가 "서방님은 그때 코를 드르렁드르렁 고시면서 아무리 불러 아뢰어도 대답이 없으신 데야 어쩌겠습니까? 소인들도 처음 보는 것이라 무엇인지는 잘 몰랐습니다마는 짐작에 그저 약대 같아 보입디다."

"그래, 모양이 어떻게 생겼더냐?"

"정말 뭐 같더라고 말씀드리기는 어렵습니다. 말 같다고 하자니 발굽이 두 굽통이요, 겸해 꼬리는 소꼬리 같고, 소 같다고 하자니 대가리에 뿔이 없고, 상판은 양같이 생겼으며 그렇다고 양 같다고 하자니 털이 곱실곱실하지 않고 등에는 봉우리가 두 개 솟았고, 목을 쳐들면 거위 같고, 눈을 떠도 감은 것만 같습니다."

"틀림없는 약대로구나. 그래, 크기는 얼만 크던?"

창대는 한 길이나 되어 보이는 허물어진 담장을 가리면서 "키가 저만은 합디다." 했다.

조연급인 창대와 장복이 얘기가 가장 많이 나오는데 둘은 실과 바늘처럼 늘 같이 붙어 다닌다. 서로 의지하여 위하고 아끼는 마음이 혈육과 같다. 살림이 구차해서 장가를 못 갔다는 장복이는 창대보다 더 순박하고 온순하여 무슨 말이든 곧이곧대로 받아들이는 통에 박지원뿐만 아니라, 주변 사람들에게 놀림도 많이 당한다.

박지원의 수족이 되어 따라다니며 들은풍월이 많아서인지 중국어도 곧잘 하고 박지원 말을 빌리면 귀밑털 아래 돋은 사마귀가 있는 모양이다. 장복은 박지원을 위해 참외밭에서 참외도 사고 밤에는 차를 끓여 주고 불편이 없는지 살피며 지극 정성으로 주인을 섬긴다.

늘 붙어 다니던 창대와 장복이가 북방 여행기에서 헤어져야 할 처지가 되었다. 북경으로 빨리 가기 위해서는 사신의 권솔을 줄여야 해서 부득이 창대만 견마잡이로 따라가고 장복이 남아야 했다.

주인을 떠나 본 적이 없는 장복이는 박지원의 말등자를 붙들고 늘어져 목이 메어 운다. 박지원이 잘 타일러 돌려보내자 이번에는 창대와 손을 붙잡고 우는데 눈물이 비 오듯 했다는 이별의 장면이 눈에 선하다. 박지원도 이들의 이별 장면을 보고 본인이 알고 있는 문장을 동원하여 '이별론'을 장황하게 펼친다.

창대는 그렇게 장복이와 헤어져 박지원의 견마잡이로 나섰는데 백하를 건널 때 맨발을 말발굽에 밟혀 말편자가 살에 깊이 들어가는 사고가 발생했다. 창대는 상처가 심해 걸을 수 없게 되자 박지원과 떨어지게 된다. 상전인 박지원은 창대를 위해 할 수 있는 일이 아무것도 없었다고 한다. 박지원의 무능함인가, 아무런 직책 없이 삼종형을 따라가는 입장이라 가타부타 할 수 없음인가. 참 답답했다.

박지원은 한 발짝도 걷지 못하는 창대를 도중에 두고 갈 길을 재촉하면서 기어서라도 따라오라고 이른다. 참 매정한 처사다. 그러면서도 배곯고 춥고 통증으로 잠자지 못할 창대를 걱정한다.

3일 후 열하에 가까워졌을 때 창대가 박지원 앞에 나타난다. 박지원은 무사한 창대가 반갑고 아파서 뒤처졌던 창대가 어떻게 해서 먼저 와 자기를 기다리고 있었는지 몹시 궁금해한다. 창대는 그간 있었던 일을 박지원에게 상세하게 알린다.

창대가 뒤에 떨어져 오면서 잿마루에서 울고 있는 것을 부사와 서장관이 오다가 불쌍히 여겨 말을 멈추고 주방 짐 실은 수레 가운데 가벼운 짐 실은 수레에 같이 타도록 말해 보았으나 그럴 만한 수레가 없다 해서 할 수 없이 그대로 왔던 터에 제독이 뒤미처 이르자 창대는 또 한바탕 울었다고 한다. 제독은 이 꼴을 보고 말에서 내려서까지 위로를 해 주고 앉은 자리에서 기다려 가면서 지나가는 수레 하나를 변통하여 태워 왔다고 한다.

어제도 입맛이 떨어져 아무것도 못 먹는 것을 제독은 손수 밥을 권하고 창대가 탔던 수레를 자기가 타고 자기 탔던 노새를 내주어 이곳까지 따라오게 되었다고 한다. 그 노새가 덜썩 커서 한번 타기만 하면 귀에 휘파람 소리가 날 만큼 날쌔다고 한다.

노새는 어데 있느냐고 물었더니 창대 말이 "제독님이 말씀하기를 '너는 먼저 가서 너의 서방님을 뒤따라가거라. 만약에 도중에 내리고 싶거든 노새는 지나가는 어느 수레 뒤에 비끄러매 두어라. 내가 뒤쫓아 갈 터이니 염려할 일은 없다.'고 하십디다. 그래서 노새를 탔더니 삽시간에 오십 리를 달려 잿마루턱까지 와서 수레 수십 대를 만났습지요. 그래서 이내 내려서는 노새를 제일 뒤 수레 꼬리에다 매어 붙였더니 수레 임자가 묻습디다. 그래 재 남쪽에서 온다고 가리켜 보였더니 수레 임자는 고개를 끄덕일 뿐입디다."

박지원은 창대를 통해 사신들의 일정을 관리 감독하는 제독이 타국인에게 보여 준 인정을 듣고 크게 감동한다. 그래서일까. 창대가 다시 아파 끙끙 앓자 다른 면을 보여 준다. 아랫사람에 대한 가장 따뜻한 장면이 나온다.

창대가 걸으면서 나에게 말하는 것과 수작하는 것을 가만히 보니 잠꼬대같이 나오는 헛소리인 것이 분명했다. 그도 그럴 것이 여러 날을 두고 배를 주린데다 추위로 학질 앓는 놈처럼 떨고 보니 제정신을 못 차리고 아주 말이 아니

66

다. 시각은 벌써 밤 2경 때쯤 되었는데 마침 수역과 동행을 하던 차에 수역의 마부가 역시 추워 떨면서 아파 못 배기는 모양이다. 할 수 없이 수역과 같이 내리니 다음 참이 불과 5리밖에 안 된다 하여 병든 하인 두 명을 몰던 말에 각각 태워서 흰 담요를 내어 창대의 전신을 둘러싸 주고 띠로써 꽁꽁 동여 수역의 마두를 시켜 부축을 해서 먼저 보냈다.

창대와 장복인 보름 만에 다시 만나게 된다. 이들은 헤어질 때 손을 맞잡고 서럽게 울던 일은 까맣게 잊고 창대가 순박한 장복이를 놀리는 장면이 재미있다.

창대는 장복을 보고 그동안 서로 떨어져 그립던 정은 묻지도 않고 대뜸 한다는 말이,

"너 주려고 특별 상금을 얻어 가지고 왔단다."

하니, 장복이 역시 다른 인사말이 없이 히죽히죽 웃음을 못 가누면서 상금이 몇 냥이냐고 묻는다.

창대는, "상금이 천 냥인데 너하고 나눈단다." 했다.

장복이 물었다.

"너 황제를 봤니?"

"보았지, 황제는 눈깔이 호랑이 같고 코는 화로 같고 옷을 벗고 벌거숭인 채 앉았더라."

"그래 뭐를 덮어 썼더냐?"

"황금 투구를 쓰고 나를 불러 큼직한 잔에 술을 한 잔 부어 주면서 네가 서방님을 잘 모시고 험로를 가리지 않고 왔으니 기특하다고 하더라."

상사또는 일품 각로요, 부사또는 병부상서가 되었다는 등 창대의 말은 모두가 허튼수작이다. 장복이는 언제나 잘 속아서 그럴 뿐만 아니라 조금 사리를 아는 다른 하인들까지도 믿지 않는 자가 없었다.

장복이는 박지원의 보따리에서 아무것도 나오지 않자 서글프레 해서는 창대를 보고 "특별 상금은 어디 있지?" 하며 몹시 서운한 표정을 지었다.

『열하일기』를 읽으면서 박지원의 해박한 지식에 놀라고, 없어서는 안 될 조연급인 창대와 장복이의 연기에 지루한 줄 모르고 재미있게 정독할 수 있었다.

그때 그 시절의 우리나라 산하는 어땠을까. 낮은 집들과 좁은 길, 나무가 빽빽한 산들, 정비되지 않은 강과 전답 등의 자체가 자연 그대로인 환경이었을 것이다.

우물 안 개구리처럼 살다가 세상 밖 구경을 하게 된 학자 박지원을 따라다니며 새로운 문물을 맛보고 문화를 경험하며 세련되어 갔을 창대와 장복이. 하인 신분으로 태어남을 원망하지 않고 천직으로 여기며 주인을 위해 최선을 다한 창대와 장복이가 『열하일기』를 더 감칠맛 나고 맛깔스럽게 해 주지 않았나 싶다.

학이시습지 불역열호(學而時習之 不亦說乎)

세상 살기가 참 좋아졌다. 하고자 하는 의지만 있으면 돈을 많이 안 들이고도 배울 기회가 많다. 각 대학엔 평생교육원이 있고 지자체마다 문화원, 여성회관, 주민센터 등에서 다양한 프로그램을 운영하여 여가 활용과 배움의 갈증을 풀어 주는데 도움을 주고 있다.

급속도로 내달리고 있는 고령화사회에 걸맞은 사회의 변화다. 아날로그라 자처하더라도 시대의 흐름에 따라야 나이 먹어 가면서 느끼는 소외감에서 해방되지 않을까 싶다.

설 명절 때마다 올라오시는 여든이 넘은 시어머니의 일상을 보면서 장차 어머니 나이가 되면 난 뭘 하며 지내게 될까 생각해 본다. 하릴없이 소파에 앉아 멀리 보이는 찻길에 지나가는 버스나 세고 계시는 어머니가 여간 딱해 보이는 게 아니다.

전에는 손자가 보던 전래동화책과 이솝우화를 읽으며 재미있어 하던 분이 한해가 다르다며 이젠 책 읽는 것도 귀찮다고 하신다. 손자 손녀

어릴 때 찍어 놓은 비디오를 보는 것도 하루 이틀이지 어머니 말씀대로 창살 없는 감옥에서 빨리 해방시켜 드려야 되는데, 미국에서 외손자가 올 때까지 기다려 달라는 넷째 시누이의 부탁을 받고 지루하게 기다리는 중이다.

전에는 혼자 자유롭게 살다가 몸이 불편하면 올라오시겠다던 어머니가 이번에는 죽어도 시골 고향에서 죽겠다고 하신다. 어머니야 시골에 전답이 있고 일가친척이 모여 사는 집성촌에서 평생을 사셨기에 시골이 좋겠지만 난 그렇지 못하다. 글 쓰는 일만 가지고는 뭔가 부족하고 나이 먹어서도 할 수 있는 일을 찾아야겠다는 생각에 미치자 신문에 끼어 오는 광고지에도 관심이 갔다.

'구하면 받고, 찾으면 얻고, 문을 두드리면 열릴 것이다.' 라는 성경 구절이 참 진리임을 새삼 깨닫는다. 근처 대학 평생교육원에서 학생을 모집하고 있는 광고 전단지와 눈이 마주쳤다. '한자·한문지도사과정' 을 1년에 마칠 수 있고 일주일에 한 번, 시간대도 안성맞춤이다. 한자를 가르칠 수 있는 자격과 한자학원을 운영할 수 있는 자격도 된다니 망설일 것도 없다.

한문에 관심이 많았던 것은 어릴 때 할아버지의 밥상머리 교육에서 비롯되었다. 할아버지는 많은 자식들과 손자들에게 밥 먹을 때마다 삼강오륜을 강조하시곤 했는데 그때 처음 한자를 어렴풋이 알게 되었다.

초등학교 때는 국한문혼용이었던 국어책으로 공부하고, 중고등학교 때는 한문 과목이 있어 꾸준히 한문과 인연을 이어 갔다. 학창 시절에 최고 점수를 받은 유일한 과목이기도 했던 한문은 오랫동안 직장 생활

할 때도, 한자가 많이 섞인 문장을 윤문하고 교정할 때도 큰 도움이 되었던 것을 생각하면 한자 · 한문지도사과정은 내게 적격이었다.

한자 · 한문지도사과정에 등록하고 공부하면서 세 아이와 함께 한자급수자격증 시험에 도전하기로 했다. 대학교에 재학 중인 딸과 아들은 국가공인 한자 2급 이상이 졸업 이수 요건이기도 하기에 방학이 끝나기 전에 자격증을 따기로 약속한 것이다.

국가공인 한자 2급 자격증을 가지고 있는 딸은 1급 책, 나와 큰아들은 2급 책, 막내는 3급 책을 가지고 각자 자기 방에서 시험공부를 했다. 한자는 자신했는데 떨어지면 엄마 체면과 자존심이 추락할 것 같아 한번 붙잡으면 한자 책을 놓지 않았다. 디지털 세대인 아이들에게 뒤지지 않기 위해 더 열심히 외우며 쓰기를 반복했다.

한데 녀석들은 엄마처럼 파고들지도 않고 열심히 하는 것 같지도 않았다. 목표를 정했으면 기어이 달성해야 되는 것 아닌가. 시험일은 다가오는데 공부하는 모습보다 노는 모습이 더 자주 보였다. 지천명을 넘어선 엄마도 이렇게 밤잠을 설쳐 가며 공부하는데 지들은 놀기만 하다니 어디 두고 보자. 아무리 머리 좋아도 열심히 노력하는 사람은 못 따라올 걸.

오히려 아이들은 엄마가 공부하다 쓰러질까 봐 염려된다면서도 자극은 받지 않는 모습이다. 학창 시절에 그렇게 공부했으면 한가락 했을 거라는 가족들의 비아냥거림도 흘려버리고 만반의 준비를 마쳤다.

국가공인자격증 시험을 보기 위해 아들딸을 앞세우고 시험장으로 가는데 희열감이 파고들었다. 아들딸과 한 교실에 앉아 시험을 본다는 자체가 큰 기쁨이었다. 한자 급수 시험이 아니면 어떻게 한 세대가 넘는 아들딸과 함께한 교실에 앉아 똑같은 시험지로 시험을 볼 것인가. 생각만 해도 뿌듯했다.

한자 공부하면서 아이들과 옥편을 찾아가며 기출문제를 풀고 서로 묻고 답하고 공부하는 방법을 교환하며 보낸 소통의 시간이 효과가 있었는지, 한 교실에서 시험을 치렀던 아들과 딸도 엄마와 함께 목표를 달성했다. 아날로그의 끈기를 보여 줌으로써 하면 된다는 것과 엄마의 자존심도 지켰다. 안타깝게도 초등학생인 막내는 3급 시험에 실패했지만 다음 방학 때 재도전해 보겠단다.

삼 남매와 함께 한자 급수 공부하면서 배우는 기쁨을 맛보았다. 논어의 학이편(學而篇)에 나오는 문장을 절절하게 피부로 느끼면서 참 행복했다. 앞으로 계속해서 배우는 기쁨을 만끽해야겠다.

학이시습지 불역열호(學而時習之 不亦說乎), 배우고 때때로 익히면 또한 기쁘지 아니한가!

의문이 풀리다

뜻이 있는 곳에 길이 있기 마련이라고. 평소 궁금했던 일이 뜻하지 않은 곳에서 해소되었다.

밤 1시가 넘은 시각, 귀가하지 않은 남편을 기다리며 텔레비전을 켰다. 즐겨 보는 채널인 EBS에서 평생교육강의 중이었다. 동양화 읽는 방법을 열강하고 있는데 시간이 흐를수록 구미가 당긴다.

박물관에서 만났던 수많은 옛 그림들을 보며 이해되지 않아 갸우뚱 했던 의문이 풀리는 시간이었다. 조용진 선생의 강의에 빠져들었다. 선조들이 남긴 옛 그림에는 의미가 있기 때문에 이치에 맞지 않거나 계절과 맞지 않은 그림이 많다는 내용이었다.

고개를 끄덕이며 강의가 끝날 때까지 열심히 들었다. 지금까지 알지 못했던 새로운 사실에 감동을 받았다. 잠이 오지 않아 뒤척이며 어서 빨리 내일이 오기를 기다렸다.

그렇게 해서 구입한 책이 조용진의 『동양화 읽는 법』이다. 어린아이

마냥 희열감에 차서 책장을 넘기며 감탄사를 연발했다. 혼자 읽기 아까워 가족들에게도 대략 설명해 주면서 읽기를 종용했다.

　저자는 의과대학에서 해부학을 공부하면서 해부학 연구방법들을 미술학 연구에 적용하기 위해 동양화의 소재들을 정리하여 동물, 식물, 인물로 분류, 학명과 생태를 찾아 연구한 결과, 독화하는 법칙을 발견했단다.

　동양화는 읽어야 이해가 된다는 말에 공감하는 것은 동양화에는 전하고자 하는 의미가 깃들어 있기 때문이다. 이치나 계절에 맞지 않고 소재가 상반되는 그림이더라도 부귀영화, 자손 번창, 승진 기념, 장수 기원 등의 염원이 담겨 있다는 것이다.

　민화의 까치와 표범 그림은 신년보희(新年報喜 소나무=정월新年, 표범=중국 발음報, 까치=기쁨喜) '새해를 맞아 기쁜 소식이 오다', 게를 갈대로 묶어 놓은 그림은 '전시에 장원급제하여 임금이 내리는 음식을 받는다.'는 뜻이고, 게 두 마리가 갈대꽃을 물고 있으면 '이갑전려(二甲傳臚) 두 번의 과거에 모두 장원급제해서 임금이 내리는 음식을 받다.'의 의미가 있단다.

　흰 사슴(白鹿) 그림은 온갖 복록, 늙은 향나무는 백수(百壽), 대나무와 바위를 함께 그리면 회갑 축하의 뜻인 축수(祝壽), 바위는 장수(長壽), 죽순과 대나무 잎을 그리면 손자 본 것을 축하한다는 위축견손(爲祝見孫), 갈대와 기러기 그림은 편안한 노후를 뜻하는 노안(老安), 고양이와 까치 그림은 고희를 축하, 목련, 해당화, 바위 그림은 장수를 기원, 오리는 장원급제, 석류는 다자(多子), 호리병박이나 포도는 덩굴째

그려 자손이 많음을 뜻하고, 모란은 부귀, 모란꽃에 고양이, 나비 그림
은 장수와 부귀, 모란과 장닭 부귀공명(富貴功名), 모란과 병을 함께 그
리면 부귀평안(富貴平安), 소나무, 대나무, 백두조 한 쌍 그림은 백년해
로(百年偕老), 학 한 마리 그림은 천수도(千壽圖), 소나무는 절개, 새우
는 매사가 순조롭게 된다는 뜻이 있다니 얼마나 놀라운 일인가.

이렇게 깊은 뜻이 있는 것도 모르고 박물관에 가서 보이는 것만큼만
보고 감상했다 했으니 무지가 부끄러울 뿐이다.

동양화 독화법을 읽으며 가장 관심을 끈 그림은 '고전적 명구나 일화
를 상기하여 읽는 법'에 나오는 「영천세이도(潁川洗耳圖)」였다. 황하
상류의 영천이라는 냇물에서 허유(許由)가 귀를 씻는 장면을 그린 그
림이 퍽 인상적이다.

허유는 천하를 다스릴만한 큰 인재로서 요(堯)임금이 그에게 임금 자
리를 물려주려고 하자 기산(箕山)에 숨어 버렸고, 다시 구주(九州)의
장으로 삼으려 하자 더러운 말을 들었다며 영천에 가서 귀를 씻었단
다. 마침 소부(巢父)가 송아지를 끌고 와서 물을 먹이려다가 그 사연을
듣고 더러운 말을 씻어 낸 물을 먹일 수 없다며 송아지를 끌고 상류로
올라가서 먹였다는 일화가 뇌리를 파고든다.

고전적 명구나 일화를 바탕으로 그린 그림에는 철학이 있고 사상이
깃들어 있어 감흥이 더하다. 그림으로 논어와 장자의 한 구절을 표현
하고 시를 그렸으며 은유와 풍자와 해학으로 뜻을 전하고자 했다니 선
인들의 기지가 놀랍다.

『동양화 읽는 법』은 평소 가지고 있던 의문을 풀어 주었고 또 다른

세계에 흠뻑 빠져들게 했다. 정말 행복한 시간이었다. 글이란 이처럼 독자를 감동시킨다. 작가의 길을 가는 사람으로서 글을 통해 독자에게 이런 감동을 전할 수 있다면 얼마나 행복할 것인가.

길상사에서 만난 법정 스님

화창한 봄날 길상사에 다녀온 후, 『내 사랑, 백석』을 구입해 읽고 여러 날을 뒤척였다. 당대 지식인이요, 미남에 멋쟁이로 여성들의 선망의 대상이었던 백석이란 시인을 생각하고, 고급 요정인 '대원각'을 운영했던 기생 출신 김영한 여사의 삶이 뇌리에서 떠나지 않았다. 이루지 못한 사랑이어서 가슴 깊이 새겨진 탓일까. 해피엔딩으로 끝나는 작품보다 미완성으로 끝나는 작품이 더 오래 각인된다.

만나면 편안하고 즐거운 사람들과 길상사를 다시 찾았다. 지하철을 타고 가면서 길상사에 얽힌 얘기를 들려주고 말보다 마음으로 감상하는 게 좋더라고 전했다.

두 번째 방문이라 낯설지 않다. 한 달 사이에 우거진 숲이 길상사를 포근하게 감쌌다. 벌써 많은 사람들이 물밀듯 들어오고 있다. 천천히 일주문 안으로 들어가서 대웅전 옆길로 들어섰다. 나무 곳곳에 법정 스님의 글이 걸려 있다. 책 속에 있는 구절이지만 오솔길을 걸으며 음미해 보는 맛이 더 일품이다.

　무상하다는 말은 허망하다는 것이 아니라, '항상 하지 않다.' '영원하지 않다.' 는 뜻이다. 그러므로 고정되어 있지 않고 변화한다는 뜻이다. 이것이 우주의 실상이다. 변화의 과정 속에 생명이 깃들고 변화의 과정을 통해 우주의 신비와 삶의 묘미가 전개된다.

　공감이 간다. 항상 느끼면서도 한마디로 적절하게 표현하지 못했는데 법정 스님은 이해하기 쉽게 삶의 묘미를 들려준다.
　오솔길 옆에 쉬어 갈 수 있도록 놓인 벤치에 앉아 심호흡하며 나뭇가지 사이로 맑은 하늘을 올려다본다. 솜사탕 같은 뭉게구름이 두둥실 흘러간다. 한 편의 영상물을 보는 듯하다.
　계곡 건너편에 길상사를 시주했던 법명이 길상화인 김영한 여사의 공덕비가 고요 속에 묻혀 있다. 둘레에 키 작은 꽃들이 심겨 있다. 조촐한 분위기다.

　크게 버리는 사람만이 크게 얻을 수 있다. 아무것도 갖지 않을 때 비로소 온 세상을 갖게 된다는 것은 무소유의 또 다른 의미이다.

　그래서 김영한 여사는 무소유의 의미를 깨닫고 천 억대인 재산을 아낌없이 시주했던 것이리라.
　길상사 안에 건물이 40여 채나 된다더니 과연 숲과 계곡을 오르는 길에 방갈로 형태의 아주 작은 건물들이 눈에 띈다. 고급 요정이었을 때는 그곳에서 많은 역사가 이루어졌으리라. 오랫동안 비윤리적이고 부도덕한 행태가 불법적으로 이루어졌던 곳이 지금은 스님들의 수행처가 되었다. 지금쯤 음기가 사라지고 보속이 다되지 않았을까.

지금 우리가 마주하고 있는 세상은 우리 생각과 행위가 만들어 낸 결과다. 그래서 우리 마음이 천당도 만들고, 지옥도 만든다는 것이다. 사람은 순간순간 그가 지닌 생각대로 되어 간다. 이것이 업의 흐름이요, 그 법칙이다. 「홀로 사는 즐거움」

평소에는 느끼지 못했다가 일상을 벗어나 자연 속을 거닐자니 마음이 순화된 듯하다. 그렇다. 법정 스님 말씀처럼 우리 마음속에 천당도 있고, 지옥도 있는 것이다. 모든 일이 마음먹기에 달린 것이니 일신우일신(日新又日新)해야 하리라.

우리들은 말을 안 해서 후회되는 일보다 말을 해 버렸기 때문에 후회되는 일이 얼마나 많은가.

지당하신 말씀이다. 그래서 '말 한마디로 천 냥 빚을 갚는다.'는 속담도 있고, 말이 화근이 되어 불행을 초래하는 일도 잦다. 촌철살인(寸鐵殺人)처럼 단 한마디 말로 죽음에서 건지기도 하고 죽게도 만드는 것이다.

오늘의 내 관심사는 외람되지만, 굳어진 그 얼굴에 어떻게 하면 미소와 생기를 되살아나게 할 것인가에 있다. 백제 와당에 새겨진 그 온화한 미소를, 우리는 우리 얼굴을 만들 책임이 있다. 인간이기 때문에. 「산방한담」

우리나라 사람들은 표정이 굳어 있다는 말을 많이 듣는다. 나이 먹어 가면서는 자신의 얼굴에 책임을 져야 한단다. 곱게 늙자는 얘기로 표정 관리를 잘하자는 뜻이다. 인상이 안 좋더라도 입 꼬리를 올리는 연습으로 변화시킬 수 있다는 선배분의 얘기를 듣고 수시로 연습하고 있는 중이다.

가족들은 수시로 내가 화난 것처럼 보인다고 한다. 이마에 내 천자 때문에 오해를 많이 받았다. 막내가 서너 살 때는 자주 내 얼굴을 들여다보며 "엄마, 화 나셨어요?" 묻곤 했던 것을 보면 나 모르게 인상을 썼던 모양이다.

남편이 술 마시고 온 날은 내 표정 때문에 옥신각신하곤 했다. 내게 문제가 있었던 것이다. 지천명을 넘어선 지금은 온화한 얼굴이 되고자 표정 관리에 힘쓰고 있다. 웃자, 웃어 주자. 웃는 얼굴에 침 뱉으랴.

빈 마음, 그것은 무심이라고 한다. 빈 마음이 곧 우리들의 본마음이다. 무엇인가 채워져 있으면 본마음이 아니다. 텅 비우고 있어야 거기에 울림이 있다. 울림이 있어야 삶이 신선하고 활기 있는 것이다.

아직도 빈 마음이 되려면 한참 멀었다. 그래도 비우는 연습은 해야겠지. 자신과 가족의 평화를 위해서는…….

삶은 소유물이 아니다. 순간순간의 있음이다. 영원한 것은 어디 있는가. 모두 한때일 뿐, 그러나 그 한때를 최선을 다해 최대한으로 살 수 있어야 한다. 삶은 놀라운 신비요, 아름다움이다.

삶이 오묘하고 신비로우며 아름답다는 것을 이제야 조금씩 터득하고 있다. 절반의 인생을 살고 보니 그 느낌이 피부로 와 닿는 것이다. 남은 시간만이라도 최선을 다해 열심히 살아 보리라.

길상사에서 만난 법정 스님의 말씀은 내 삶을 되돌아보게 하고 생활에 활력소가 되어 주었다.

뇌에게 말 걸기

"세상 참 웃을 일도 없네."

딸아이 앞에서 푸념 섞인 소리로 내뱉었더니 엄마도 꼭 읽어 봤으면 좋겠다며 『뇌를 알면 행복이 보인다』를 건넨다. 엄마의 기분을 전환하는데 도움이 될 거라는 말도 덧붙이며.

『뇌를 알면 행복이 보인다』는 뇌 교육자와 뇌 과학자가 두뇌 이야기를 쉽게 써 놓은 책이었다. 이 책을 단숨에 읽은 것은 뇌를 인식하지 못했을 뿐, 내가 살아온 방법과 일치하는 부분도 있고 공감하는 부분이 많아서였다.

요즘 뇌에 대한 사회적 관심이 꾸준히 늘고 있는 추세다. 자신의 자녀가 우수한 그룹에 들어가기를 희망하는 학부모들의 심리에 부응하여 뇌 호흡을 이용한 학습법까지 생기고, 단전호흡이며 요가, 명상 등도 뇌와 밀접한 관련이 있다는 것을 알게 되었다.

뇌는 몸과 떼려야 뗄 수 없는 관계로 몸의 온갖 세포에서 오는 정보를 알아차리고 오감이 작용하도록 조종하는 기능을 가지고 있다. 뇌에 있어 정보는 살기 위한 필수 조건이므로 몸의 중추적 역할을 하는 뇌만 잘 활용하면 인생이 달라질 수 있다는 말에 수긍이 가는 것은 내 경험과 맞아떨어지기 때문이다.

어렸을 때부터 열악한 환경에서 경제적 어려움으로 부대끼며 살아왔다. 먹고살기조차 힘들었던 6, 70년대 시골 농촌에 살면서 꿈을 갖는다는 것은 그 자체가 사치요 허황된 꿈이었다. 그렇지만 좌절하지 않고 꿈을 키웠다. 부모님과 형제들이 모여 오순도순 사는 것이 첫 번째 꿈이었고, 상경하여 좋은 직장에 다니면서 동생들을 공부시키고 싶었으며 또 괜찮은 배우자를 만나 가난으로부터 해방되고 싶었다.

당시에는 남들이 비웃었지만 꿈의 환상은 현실로 나타났다. 그 당시에는 뇌라는 것을 자각하지는 못했지만 내가 도회지로 나가야 할 이유와 맏이로서 동생들 뒷바라지해야 할 의무가 있음을, 좋은 직장이 필요하다는 것을 놓고 빌고 또 빌었다.

꿈이 사실이 되어 눈앞에 펼쳐졌다. 꿈을 갖기 시작하면서부터 간절히 기도하고 자기암시하는 생활 습관이 몸에 배어 뇌를 향해 끊임없이 바람을 주문했던 결과였다는 것을 깨닫는다.

뇌는 긍정적인 생각을 좋아한다. 20대에 만난 노만 필의 『긍정적인 사고방식』은 궁핍했던 환경에서 좌절하지 않고 꿈을 향해 끊임없이 노력하도록 했다. 시간이 흐르고 세월이 흘러가면서 만사가 형통하고 있음을 감지했다. 내 사전에는 불가능은 없다 싶을 정도로 자신감도 생겼다.

청춘 시절의 긍정적 사고방식이 결혼 후 이일 저일 겪는 사이에 자신도 모르게 뇌의 노예가 되어 가고 있었다. 희망적인 생각보다 우울한 생각을 더 많이 하게 되고, 걸핏하면 늪에 빠진 기분으로 지내면서 나이 탓을 해대고 있었던 것이다.

『뇌를 알면 행복이 보인다』를 읽으니 젊은 시절이 생각나 지난날들을 반추해 본다. 만사가 형통했던 것은 뇌의 조종을 받은 것이 아니라, 내가 뇌의 주인이 되어 내 뜻대로 움직이도록 주문하고 주입했던 삶의 방식이 즉효했음이다.

'그래, 다시 시작하는 거야. 젊은 시절에 그랬던 것처럼 뇌의 노예에서 벗어나 주인으로 살되 뇌와 친하게 지내자.'

요즘 조금만 피곤해도 병원에서 친구하자고 자꾸 손짓을 한다. 한곳을 손보면 다른 곳이 고장 나고, 또 한곳을 치료하면 다른 곳이 고장 나는 순환이 거듭되고 있어 뇌에게 말을 걸기 시작했다.

"뇌야, 그동안 우울하게 지내서 많이 피곤하고 괴로웠지. 미안해. 근데 왼쪽 눈 위가 자꾸 떨려 불편하네. 멈추게 할 수 없어? 목 뒤도 아프다. 안 아프게 해 주면 좋겠어. 오른쪽 손목은 왜 이렇게 시큰거리는지 모르겠네. 위에 생긴 염증도 오래되었는데 내 힘으로는 안 되네. 네가 좀 도와줄래?"

뇌에게 말을 많이 하고 있다. 진심으로 말을 걸자 뇌가 신호를 보내왔다. 정말 거짓말처럼 눈 떨림이 멈췄다. 시큰거리던 손목도 증세가 없어졌다. 이것을 미끼로 난 뇌에게 끊임없이 어리광을 부리며 말 걸기를 하고 있다. 뇌가 좋아하는 웃음과 긍정적인 생각을 전하면서…….

"뇌야, 우리 친하게 지내자."

소나기 마을

양평 소나기 마을이라 해서 지명이 그런 곳도 있나 했더니 황순원의 작품「소나기」에서 명칭을 따 '황순원문학관'을 만든 곳이었다.

황순원 작가가 경희대학교에서 23년 동안 재직했던 인연으로 경희대학교와「소나기」의 배경인 양평군이 자매결연을 맺고 황순원문학관을 건립하는데 3년이 걸렸다고 한다. 124억 원이란 돈을 투자했다는데 여느 문학관는 달리 대규모로 조성되었다. 서울에서 30분 거리에 있는 국내 최대의 문학관이라 자랑할 만하다.

개관한 지 얼마 되지 않아서인지 아직 자리가 잡히지 않았지만 볼거리를 많이 만들어 놓았다. 작가의 생애와 문학을 한눈에 볼 수 있는 전시관과 애니메이션을 보여 주는 영상실과 작가의 작품들을 디지털화해서 마음대로 골라 볼 수 있는 전자책들이 즐비하게 설치되어 있다. 새로 개관하는 문학관은 시스템 자체가 디지털이다.

일행과 전시관을 한 바퀴 돌아보고 영상실로 들어섰다. 타임머신이 거꾸로 돌아간 듯하다. 급훈과 시간표, 조그마한 책상이 영락없이 그 옛날 초등학교 교실이다. 동심으로 돌아가 조그마한 책상에 앉아서 최신 버전으로 각색한 애니메이션 「소나기」를 관람하는데 맛이 색다르다. 요즘 아이들에게 맞는 버전이다. 소나기가 내리는 장면에서는 갑자기 천둥 번개가 치고 천장에서 빗방울이 떨어졌다. 3D 효과를 낸 모양이다. 그 맛을 보라고 안내자가 영상실에 꼭 들러 가라고 당부했나 보다. 모두들 어린아이마냥 좋아한다.

황순원 작가의 고향은 평안남도인데 소나기 마을이 왜 양평에 생겼을까 궁금했는데, 「소나기」란 작품 속에 소녀네가 양평읍으로 이사한다는 내용이 나오는 것에 착안하여 이름을 '황순원문학관'이라 하지 않고 '소나기 마을'로 했단다.

전시관 옆으로 걸어 올라가는 초입에 황순원 묘역이 있고, 수숫단 오솔길, 고향의 숲, 들꽃마을, 송아지 들판, 너와 나만의 길, 해와 달의 숲, 학의 숲, 목넘이 고개가 산책하기 좋도록 만들어져 있다. 소녀를 업고 건넜던 개울도 만들어 놓았는데 그곳까지 내려갔다 오려면 족히 한 시간은 걸리겠다.

문학관 전경은 「소나기」의 배경이 주를 이루고 있지만, 작가의 다른 작품을 딴 테마들도 있다. 「목넘이 마을의 개」의 배경인 '목넘이 고개'가 있고, 「학」의 배경인 '학의 숲'이 있으며 「카인의 후예」의 배경인 '고향의 숲'과 「일월」의 배경인 '해와 달의 숲', 「별」의 배경인 '별빛 마당'이 조화롭게 조성되어 있어 작가의 작품을 생각하며 산책하기에 안성맞춤이다.

깊은 산골짜기 기슭에 펼쳐진 테마 길을 따라 걸으며 작품 속으로 들어가 본다. 황순원 작가의 작품에 나타난 인물들의 순박함과 순수함은 독자의 마음을 정화시켜 주고, 배경은 향수를 불러일으킨다. 경제적으로는 궁핍했지만 자연 속에 묻혀 지내던 시절이 무척 그리워진다. 세태가 급변할수록 그리움의 크기도 배가될 것이다.

글 쓰는 작가들에게도 유익하지만 어린 학생들이 이곳에 다녀가면 문학을 이해하는데 큰 도움이 되고, 작가에 대한 꿈을 갖게 되지 않을까.

지자체의 영향이겠지만 우리나라에 한국문학관협회가 있고, 지방 곳곳에 문학관이 33개나 있다는 것은 바람직한 일이다. 시대가 급격하게 발전하고 디지털화되는 세태라 할지라도 문학에 대한 관심은 날로 높아져 작가 1만 명 시대를 맞고 있다. 우리나라 문학의 미래에 대한 희망을 보는 듯해 흐뭇하다.

수덕사

인적 없는 수덕사에 밤은 깊은데
흐느끼는 여승의 외로운 그림자
속세에 두고 온 님 잊을 길 없어
법당에 촛불 켜고 홀로 울적에
아~ 아~ 수덕사의 쇠북이 운다.

산길 백 리 수덕사에 밤은 깊은데
염불하는 여승의 외로운 그림자
속세에 맺은 사랑 잊을 길 없어
법당에 촛불 켜고 홀로 울적에
아~ 아~ 수덕사의 쇠북이 운다.

수덕사를 그리워한 것은 순전히 황금심이 애절하게 부르던 「수덕사의 여승」이란 노랫말 때문이다. 어떤 곳일까. 정말 비구니들만 모여 수행하고 있는 것일까. 일엽 스님도 그곳 견성암에서 수도를 닦았다는데 많은 비구니들이 저마다 사연을 안고 수행 중이겠지. 혼자 갖가지 상상하며 수덕사에 대한 궁금증과 호기심을 키워 갔다.

서해안고속도로를 이용하여 시골에 다니면서도 지나치고 말았던 수덕사, 언젠가 상경 길에 설렘을 안고 찾아갔지만 입구에서부터 막혀 되돌아오고 말았다. 그래서 미련이 더 오래도록 뇌리에서 떠나지 않았는지 모르겠다.

소망하면 이뤄진다 했던가. 논어반에서 역사 기행을 충남 예산 수덕사로 정했단다. 망설일 것도 없었다. 꽃샘추위가 기승을 부리던 4월 14일 수요일 이른 시간에 가벼운 마음으로 떠났다. 모처럼 평회원으로 참석하여 주는 간식을 받아먹으니 정말 편안하고 좋다. 한자 급수 공부를 함께한 어머니 연배의 정 선생님과 짝이 되어 담소하다 보니 벌써 목적지에 다다랐다.

지난번에 왔을 때, 차량이 빼곡하게 늘어서 있어 수덕사가 주차장에서 아주 먼 곳에 있는 것으로 알고 되돌아갔던 것인데, 즐비한 상가가 끝나자마자 바로 수덕사로 가는 길목이다. 참 반가웠다. 얼마나 벼르던 곳인가. 감회가 남다르다.

'덕숭산덕숭총림수덕사'란 현판이 제일 먼저 반긴다. 일주문을 들어서자 길가의 가녀린 수선화가 쌀쌀한 날씨 속에서도 활짝 웃으며 어서 오라고 손짓한다. 벚꽃들이 팝콘처럼 튀다가 꽃샘에 놀라 잔뜩 움츠렸다.

일행들을 따라서 부지런히 걷는다. 예산으로 시집왔다는 일본인 여성 해설사가 수덕사의 역사를 설명해 준다. 나의 관심사는 시대를 앞서간 신여성 나혜석이 머물었던 수덕여관에 있고, 일엽 스님이 수행하던 견성암에 있었다.

두 여인은 일본 유학까지 마치고 돌아와 서양화가로, 작가로 활동하며 자기감정에 충실하여 숱한 염문을 뿌렸다. 구한말 사회는 신여성의 탁월한 재능과 지식인으로 인정하기보다는 구습이란 사회제도로 옭아맸다. 아까운 재능을 맘껏 발휘도 못해 보고, 한 분은 속세를 떠나 수덕사에서 수행하며 수도승으로 생을 마감하고, 또 한 분은 세 아이를 두고 이혼 당한 뒤 외롭고 비참하게 지내다가 행려병자로 생을 마감했다니 얼마나 안타까운 일인가.

사회의 배척을 받아 오갈 데 없던 우리나라 최초의 이혼녀인 나혜석은 친구인 일엽 스님을 찾아가 승려가 되고자 했지만 만공 스님의 거절로 뜻을 이루지 못한다. 나혜석은 수덕사 일주문 밖에 있던 수덕여관에서 장기 체류하며 화가인 이응로와 교유(交遊)하고, 일본인 사이에서 태어난 일엽 스님의 일점혈육인 어린 김태신에게 그림도 가르치고 스님인 친구 대신 모정을 느끼도록 팔베개도 해 주며 세심한 배려를 아끼지 않았단다.

이혼 당한 후, 세 아이가 보고 싶어도 만날 수 없었던 나혜석은 엄마가 그리워 찾아왔지만 어머니를 어머니라 부르지 못하고 스님이라 불러야 했던 일엽 스님의 아들에게 모정을 느끼도록 해 줬던 것이다.

같은 해에 태어난 두 사람은 동갑내기 친구로 자유연애를 구가하고 남성 위주의 사회제도를 거부하며 여성운동을 몸소 실천한 페미니스트였다. 한국 여성운동의 선구자였던 두 분을 생각하면 참으로 안타깝고 가슴이 아프다. 차라리 평범하게 살았더라면 여성으로서, 엄마로서, 지어미로서 행복은 누렸을 터인데, 그것도 그들의 시대적 운명이었을까?

내가 수덕사를 그리워한 것은 평범하게 살지 못하고 떠나야 했던 우리나라 최초의 서양화가 나혜석과 한국 최초의 신시를 발표한 여류 작가인 일엽 스님의 아픈 사연이 얽혀 있기 때문이다.

수덕사 한 바퀴 둘러보고 나니 수덕사에 대한 그리움과 미련이 사라지고, 「수덕사의 여승」의 노랫말이 새삼스럽게 가슴을 파고든다.

『9988 건강강좌』

　과학 문명과 의학의 발달은 강건해야 80이라 했던 인간의 수명을 더 길게 연장시켜 주고 있다. 100세 보장보험까지 나오고 있는 걸 보면 100세의 삶이 일반화되고 있나 보다.

　몇 년 전까지만 해도 9988123이란 말을 우스갯소리로 했는데 이제는 현실이 되었다. 99세까지 88하게 살다가 1~2일만 앓고 3일 만에 떠나는 걸 소망으로 삼는 분들이 많아졌다. 그래야 자식들과 가족에게 짐이 되지 않고 좋은 기억을 남겨 줄 수 있다는 것이다.

　경로당에 모인 어르신들 연세가 거의 90세 이상이다. 70대는 경로당에 드나들기가 쑥스러울 지경이고, 가더라도 젊은이로 취급받아 연로하신 분들의 시중을 들거나 주방 일을 도맡아 하게 된다. 그래서 경로당을 회피하는 70대들이 늘고 있다.

　홀로 사는 분들이 많은 농촌에도 사정은 비슷하다. 집에서 혼자 밥 챙겨 먹는 게 귀찮기도 하지만 혼자 먹으면 밥맛이 없는데, 마을회관에서 여럿이 모여 먹으면 김치 하나 놓고 먹어도 맛있다며 시어머니도 운동 삼아 마을회관에 다니신다.

8, 90대 할머니들이 둘러앉아 화투 놀이로 하루를 보내는데 밥 때가 되면 서로 눈치를 본다. 70대들이 오지 않으니 모인 분들 중 제일 젊은 분이 밥을 해야 하는데 선뜻 나서는 사람이 없다는 것이다. 9988하려면 스스로 자기 관리하고 끼니를 챙겨 먹을 정도는 되어야겠다.

시골에 갈 때마다 들르는 친정집에서 이제는 아버지 대신 친정어머니가 우리를 반기신다. 점심 먹고 이런저런 얘기를 나눌 시간도 없이 시댁으로 가는데 친정어머니가 꼭 읽어 보라며 『9988 건강강좌』란 책을 억지로 가방 안에 넣어 주신다.

어째 일이 거꾸로 되었다. 딸이 어머니한테 드려야 할 책을 오히려 고희가 넘은 어머니가 챙겨 주신다. 내가 건강하게 잘살아야 당신과 형제들이 편안하고 덕이 된다는 것을 강조하신다. 그 소리를 듣는 순간 목안이 싸하게 아파 왔다.

남편에게 노상 하던 말을 친정어머니가 내게 하신 것이다. 참 미안한 얘기지만 평소 남편의 건강을 염려할 때 입버릇처럼 하는 말이 있다. "당신은 우리 가족의 종합보험이요, 온 집안의 빛이며 등대이니 아프면 안 돼. 죽는 것도 내가 먼저 가야지 당신 없는 세상은 상상도 할 수 없어."

그만큼 나는 남편에게 의지하고 내 부모 형제는 내게 그렇게 의지하고 살아간다. 누군가에게 꼭 필요한 존재라는 것은 행복하다. 내가 부모 형제를 위해 뭔가 할 수 있다는 것도 행복하다. 받는 기쁨보다 주는 기쁨이 더 크고 행복한 것을 알기에 나를 위함보다 피붙이에게 정을 더 주며 살고 있다.

친정아버지가 평생을 부모형제들 뒤치다꺼리하느라 자식들에게 잘 해 주지 못함을 미안해하다가 돌아가셨는데, 내가 아버지의 족적을 따라가고 있다는 걸 깨닫는다. 부모 형제 챙기는 것만큼 자식들에게는 인색하게 굴고 있기 때문이다.

달갑지 않게 받았던 『9988 건강강좌』를 펼치니 책장이 저절로 넘어 간다. 미처 알지 못하던 지식을 섭렵하고, 모르던 것을 알아가는 재미가 쏠쏠하다.

우리 몸에서 제일 중요한 심장은 갈비로 둘러싸여 있고, 뇌는 단단한 골로 되어 있으며, 팔은 중요한 부분을 손으로 가려 보호하기 위한만큼 길고, 막 수정된 여자아이 난자는 그 아이가 태어나고, 성장해서 언제 생리하고, 폐경 되며 죽을지 아는 정보를 가지고 있다는 데에서는 너무도 놀랍고 신기해 정신이 몽롱할 지경이었다.

우리 몸은 종합병원이며 제약회사여서 스스로 항체를 만들고 자생력이 있기 때문에 웬만한 병은 자가 치료가 된다는 말에 수긍했고, 우리 몸에서 가장 부드러운 부분은 혀인데 죽을 때까지 부러지지 않고 꺾이지도 않지만 죄를 많이 짓기 때문에 강한 이로 철창문을 만들고 입술로 담을 쌓고, 도망 못 가게 목젖 끝에 단단히 묶어 놓았다는 말이 왜 그렇게 실감나던지 책장을 넘기며 혼자서 낄낄댔다.

웃음을 유발하는 에피소드, 긍정적인 사고, 베푸는 인생의 행복함, 그동안 모르고 살았던 내 몸의 신체 구조, 갖가지 병들을 이해하고

『9988 건강강좌』에 공감하며 단숨에 책을 다 읽고 나니 새삼 친정어머니가 고마웠다.

내 스스로 그런 책을 사서 읽을 리는 만무하고 그렇게 억지로 주셨기에 정독하며 살아온 삶을 정리하는 기분이었고, 앞으로 삶의 방향도 확실하게 잡았다. 나로 인해 행복한 분들이 있다면 나 또한 행복한 것이다. 9988하게 살며 여러분들에게 행복을 전해야겠다.

3. 복 많이 받아라

누구에게든 고맙다는 표현을 '복 많이 받으라.'고 해 보라.
껄끄러웠던 관계가 풀리고 어려움에 처하거나 절망 속에 빠진 사람에게는
희망의 메시지가 되어 더불어 행복해진다.
'복 많이 받으라.'고 말할 때 자기최면이 되어
이미 나에게도 복이 들어온 기분이 든다.

복 있는 말

정감이 묻어나는 따뜻한 말 속에 복이 있다는 말은 참이다. 남의 좋은 일에 선뜻 축하해 주지 못하는 것은 자신을 되돌아보기 바빠서인가, 시샘이 앞서서인가. 기쁜 일이 있을 때 즉시 축하해 주는 말 속에 복이 숨어 있다가 부메랑처럼 되돌아온다는 것을 피부로 느끼고 있다.

고부(姑婦) 3대

새색시 시절, 여든이 넘은 시할머니와 오십대 후반의 시어머니가 큰 소리로 싸우듯 얘기할 때는 이해하지 못했다. 세월이 흘러 시어머니의 연세가 시할머니만큼 되고 보니 내 목소리도 커졌다. 알고 싶은 게 많은 시어머니께 유일하게 통하는 내 목소리인 것을 아이들은 아직도 모른다.

특별한 사람

사람은 누구나 누군가에게 특별한 사람이고 싶어 한다. 부모 형제와 사랑하는 연인이 서로 구속하며 신경전을 벌이는 것도 특별한 사람이고 싶어서일 게다. 이 지구상에 태어난 자체부터가 특별한 존재임을 깨닫지 못하고 살다 사랑이 싹트면서 자각하게 된다.

미국에 사는 넷째 시누이가 새해 편지에 '언니는 참으로 내게 특별한 사람'이라는 표현을 했다. 가슴 끝이 찡할 정도로 참 듣기 좋은 말이다.

내게 특별한 사람은 누굴까? 나 또한 누구에게 특별한 사람일까. 배우자와 자녀, 부모 형제와 지기들……. 특별하지 않은 사람이 어디 있을까.

가족과 부모 형제와 지기들에게 특별한 사람으로 인정받길 희망하듯이 나와 인연을 맺은 사람들을 특별한 사람으로 대하리라.

개도 웃는다

"개가 웃는다고? 말도 안 돼. 개가 어떻게 웃어."

웃는 동물은 우리 인간밖에 없다고 믿어 왔고 또 그렇게들 알고 있다. 그런데 최근에 개도 웃는다는 게 과학적으로 밝혀졌다.

〈동물농장〉이란 텔레비전 프로그램이 있는데 퍽 재미있다. 인간 영역 밖인 동물 세계를 들여다볼 수 있어 흥미롭다. 흔하게 접할 수 없기에 더 시선을 끈다. 동물을 좋아하지 않는 편이지만 〈동물농장〉은 유일하게 자주 보는 프로가 되었다.

개가 웃는다고 해서 보면 주인을 따라 웃는 표정을 짓거나 주인이 시키는 대로 입 꼬리를 올리는 경우가 있었다. 개 뿐 아니라 고양이, 토끼, 소 같은 동물도 웃는 것처럼 보일 뿐이었다. 그런데 진짜로 웃는 개가 있다 해서 방송 관계자가 카메라를 들고 찾아가는 장면이 나왔다. 의심 반 호기심 반으로 시선을 텔레비전에 고정시켰다.

정말 개가 웃는 모습이었고, 웃는 소리라는데 숨 가쁜 소리를 냈다.

우리가 듣기에는 헐떡거리는 소리로 들리는데 개의 웃음소리란다. 그 걸 증명하기 위해 수의사가 진찰하고 소리연구가가 웃음소리를 녹음 해서 헐떡거리는 소리와 비교를 해 보니 음의 주파수가 달랐다.

개의 웃음소리로 뭘 할 수 있을까. 개들끼리는 소통되지 않을까 해서 애완견이 난폭해서 각 방에 한 마리씩 가둬 놓고 기르는 사람이 개과천 선을 기대하며 도움을 청해 왔다.

방송 관계자들은 문제의 집을 방문해서 난폭한 애완견들에게 CD에 저장한 개의 웃음소리를 들려준다. 부모 자식 형제간인데도 만나기만 하면 으르렁거리고 엉겨 붙어 털을 한 움큼씩 뽑으며 물어뜯던 개들 이 CD에서 나오는 개의 웃음소리를 듣더니 거짓말처럼 싸움을 멈췄 다. 그리고 고개를 갸우뚱하며 소리 나는 쪽으로 귀기울이며 조용히 들었다.

의외의 반응에 애완견의 주인도, 방송 관계자들도, 시청자들도 놀라 감탄사를 연발했다. 처음에만 그런 반응을 보일까 하고 반복 시험을 해 본 결과 정말 난폭성이 사라지고 순한 양처럼 되는 것을 지켜보았 다. 분명 그들만의 소통을 눈으로 확인한 것이다.

다른 종의 애완견은 어떻게 반응할까 해서 다시 한 번 나이가 많고 우울증에 걸린 개에게도 시험해 본다. 걷지도 못하고 먹을 기력조차 없어 기진맥진한 채 누워 있는 개에게 개의 웃음소리를 들려주자 표정 이 변했다. 일어나려고 기를 쓰고 소리가 나는 쪽으로 비틀거리며 걸 어가는 것이었다.

그들의 웃음소리는 개들에게 어떤 영향을 미치는 것일까. 몹시 궁금했지만 그들이 되어 보지 않고서는 이해할 수 없을 것이다. 다만 내 식으로 받아들이자면 기분이 울적하거나 좋지 않을 때 클래식 음악을 들으면 마음이 가라앉고 편안해지는 그런 기분이지 않을까 하는 생각이다.

사글셋방에서 홀로 보낸 기억 저편에 클래식 음악이 있어서 외롭지 않았던 20대를 반추해 본다. 조그만 라디오를 머리맡에 두고 클래식 FM과 벗하며 지냈던 청춘 시절, 경제적으로는 궁핍했지만 정신만은 남부럽지 않았다. 나름의 낭만과 꿈이 있었기 때문이다.

지금도 기분이 울적할 때면 클래식 음악을 듣는다. 기분 전환용으로 베토벤의 교향곡 5번 「운명」, 라흐마니노프의 「피아노협주곡 21번」, 멘델스존의 「바이올린 협주곡」 등을 자주 듣는 편이다. 제일 좋아하는 곡은 마스카니의 「카발레리아 루스티카나」이다.

클래식 음악이 기분 전환하는데 큰 도움이 되었던 걸 생각하면 개의 웃음소리도 개들만이 소통되는 치유책이자 그들만의 음악이지 않을까. 이제 '개가 웃을 소리 하지 말라.'는 속담을 수정할 때가 되지 않았나 싶다.

인간만 감정이 있는 게 아니다. 도살장으로 끌려가는 소가 눈물을 흘리고, 새끼를 잃으면 식음을 전폐하는 동물들, 어미 개가 돼지 새끼에게 젖을 물리고, 오리 새끼를 돌보고, 고양이 새끼들에게 젖을 물리는 것을 보면 그들도 그들만의 소통이 가능한 감정이 있지 않을까 싶다.

이제부터라도 개도 웃는다는 것을 인정해야겠다.

게으른 방

사람은 신체 구조상 더우면 행동이 느려지나 보다. 열대지방 사람들의 행동이 빠르지 않고 대부분 잘살지 못하는 이유가 여기에 있는지도 모르겠다.

살림하면서 관리비를 절약한다고 한겨울에도 내의 입고 지내다가 식구들의 불만에 두 손을 들고 말았다. 집안에 가족이 있을 때는 난방을 켜 두지만 혼자 있을 땐 한곳만 빼고 모두 꺼 버린다.

그 한곳이란 우리 집 건조방 역할을 하는 식탁 옆 구석이다. 1년 365일 다섯 식구의 빨래를 가슬가슬하게 말려 주는 곳에 이름을 붙여 '게으른 방' 이라 부른다. 두어 평도 안 되는 이 게으른 방은 한겨울이면 인기 절정을 이룬다.

무릎 담요 한 장 깔아 놓았더니 옛날 화롯불 역할을 충분히 해낸다. 식구들이 밖에서 들어오면 제일 먼저 아랫목처럼 뜨뜻한 그곳으로 가서 손을 집어넣고 앉아 잠시 휴식을 취하거나 얘기꽃을 피우다 일어난다. 그 좁은 곳에서 시어머니하고 나란히 누워 옛날 고생하며 살아온 얘기를 듣고, 친정어머니가 오셨을 때도 그곳에 앉아 추억을 반추하기도 했다.

집안에 있는 시간이 많은 내가 그 게으른 방을 애용하고 있다. 미니 책상을 갖다 놓고 쪼그리고 앉아서 신문도 보고, 독서도 하고, 일기도 쓰고, 금전출납부를 쓰며 하루 일과를 정리한다.

가끔 시선을 돌려 뒤 숲을 올려다보면 자연이 한눈에 들어온다. 푸른 하늘에 떠가는 조각구름을 보며 유년의 추억을 상기하고, 지나가는 비행기를 보며 먼 나라 여행을 꿈꾼다. 창공을 자유롭게 나는 산새들이 부러워 망연히 바라보기도 한다.

그 게으른 방에 앉아 책을 읽으면 금세 눈이 스르르 감긴다. 그러면 아예 드러누워 잠에 취한다. 그 방에만 앉으면 게을러진다. 뜨뜻한 구들에서 일어나기가 싫어지는 것이다.

아이들을 끌어들여 엄마 무릎에 눕게 한 뒤, 얘기꽃을 피우고 학교 생활이며, 친구들 얘기며, 시사 문제며, 아빠 흉까지 보며 게으름을 즐긴다.

한 세대 차가 나는 딸하고 게으른 방에서 대화를 나누며 많이 배운다. 밀레니엄 세대들의 생각을 들여다보고, 글로벌 세대인 막내를 이해하려 애쓰고, 현실을 직시하며 깨우치기도 한다. 딸아이 앞에서 작아진 자신을 발견하고 뭔가 추구하며 발전을 꿈꾸기도 한다.

아이의 말대로 중국어 공부도 하고 영어 공부도 해야 하는데 스트레스 받는 일은 하고 싶지 않다. 그래서 내가 좋아하는 한자 공부만 하게 된다. 일주일에 한 번씩 논어반에 가서 공자님 얘기를 듣고 오면 마음이 편안해진다.

아이들이 게으른 방에서 흐트러진 엄마의 모습을 볼까 봐 전전긍긍하면, 조금 흐트러진 모습을 보이면 어떻고, 게으름을 피우면 어떠냐며 모든 일을 잘해야겠다는 강박관념에서 탈피하라는 딸아이의 충고를 듣는다.

나도 그러고 싶다. 그런데 그게 쉽게 되지 않는다. 그래서 게을러도 된다고 자기최면을 걸기 위해 '게으른 방'이라 이름 붙여 놓고 애용하고 있다. 쉬고 싶을 때나 심신이 고단할 때 나의 안식처가 되어 주는 '게으른 방'에서 글감을 구상하고 세 아이의 미래를 설계하며 생산적인 꿈을 꿔야겠다.

니가 어찌 자두냐

살다 보면 아주 작은 것에서 기쁨을 느끼고 사소한 것에서 보람을 느끼는 경우가 많다. 생활 반경이 넓지 않은 경우는 더 그렇다.

오래전 여름이었다. 보기에도 큼직하고 맛있어 보이는 복숭아를 사다가 가족끼리 둘러앉아서 달게 먹었다. 먹고 난 후 복숭아씨를 보니 단단한 껍데기에 틈이 보였다. 심으면 곧 움이 틀 것 같은 예감이 들었다. 모아 놓은 씨를 홍콩야자가 심겨 있는 커다란 분에 묻고 곧 잊어버렸다.

어느 날 보니 움이 올라왔다. 몇 개의 싹이 보이더니 금세 시들어 버리고 단 두 개의 새싹이 고개를 내밀며 햇빛 바라기를 했다. 고것 참 신통했다. 하잘것없는 새싹은 서로 키 재기를 하며 쑥쑥 자랐다. 홍콩야자 분에서 곁방살이하는 게 안쓰러워 작은 화분에 옮겨 심고 볕 좋은 자리에 두고 들여다보며 애정을 보여 줬다.

그 어린것들은 주인의 사랑을 느꼈는지 신이 나서 몸체를 늘려 갔다.

한 해, 두 해가 지나자 제법 굵어졌다. 빛이 많이 들지 않는 열악한 환경에서 빨리 벗어나도록 해 줘야 할 것 같아 시골로 옮겨다 심었다.

담벼락 옆에 심어 놓고 행여 잡초들과 싸잡아 잘려 나갈까 봐 시어머니한테 맛있는 복숭아나무라는 것을 알려드렸다. 복숭아나무는 볕 좋고 바람 좋은 시골에서 무럭무럭 잘 자랐다. 매달 내려가 들여다보며 작은 기쁨을 맛보았다. 먹고 난 씨에서 나온 생명이라 더 애착이 갔다.

몇 년 후에 아주 안주할 수 있는 터전을 마련하여 또 한 번 이사를 시켰다. 대문간 옆 무궁화나무 울타리 너머 텃밭에 두 그루의 나무를 심었다. 기름진 땅에 자리 잡은 복숭아나무는 해가 다르게 자라더니 봄이면 꽃을 주렁주렁 매달아 칙칙한 텃밭을 환하게 단장시켰다.

그러구러 10년이 넘는 세월 동안 제법 나무의 틀을 잡고 줄기도 굵어져 마당 구석에 있는 오래된 대추나무를 따라잡았다. 봄이면 가지가 휘어지게 화사한 꽃을 선보이는데 아무런 결과물이 없어 안타까웠다.

어머니는 복숭아나무가 텃밭만 차지하고 열매를 맺지 않는다며 베어 버리자고 하신다. 자란 세월이 아깝고 막내아들 나이와 같은 나무를 없앤다는 게 마음도 아프고 해서 꽃이라도 보게 놔두자고 했다.

복숭아나무는 베어 낸다는 말을 알아들은 듯 다음 해에 열매를 주렁주렁 매달았다. 시어머니는 맛있는 복숭아 맛 좀 보겠다며 무척 기뻐하셨다. 그 소리를 들을 때 화분에 씨 묻던 기억이 나서 작은 보람을 느끼며 흡족했다.

그런데 이게 웬일인가. 10년이 넘는 세월 동안 내내 복숭아나무로 알고 있었는데 열매를 보니 자두였다. 복숭아를 좋아하시는 어머니의 실망이 이만저만 아니었다. 어머니는 바가지에 자두를 따 담으며 "야야, 니가 어찌 자두냐."고 물으며 무척 아쉬워하셨다.

분명 복숭아씨를 심었고 그 화분에서 움이 텄던 것인데 어찌된 영문인지 알다가도 모를 일이었다. 남귤북지(南橘北枳)가 된 것은 아닐 테고, 곰곰이 생각해 보니 자두를 복숭아보다 많이 사먹었던 기억이다. 많은 씨가 나올 때마다 집에서 제일 큰 화분인 홍콩야자 분에 묻었던 것이다. 한 번 묻은 복숭아씨보다 여러 번 그것도 많이씩 묻은 자두의 발아 확률이 높은 것은 당연한 결과다.

어머니는 자두를 딸 때마다 "니가 어찌 자두냐."고 서운해하시더니 아들과 합세하여 기어이 덩치 큰 자두나무 한 그루를 미련 없이 베어 버렸다. 남은 한 그루도 베겠다는 것을 꽃이라도 보자고 사정했다. 사형을 면한 자두나무는 지금까지 건재하여 제자리를 굳건히 지키고 있다.

이제부터라도 전지와 적과를 잘해서 실한 열매가 맺을 수 있도록 해야겠다. 복숭아나무가 아니면 어떤가. 봄마다 그토록 예쁜 꽃을 선사하는데…….

방문이 그쪽으로 난 까닭은

　지금은 시골집을 새로 지어 양옥이지만, 그전엔 집 구조가 특이해 항상 의문이었다. 삼 칸 겹집이어서 부엌과 큰방, 작은 방 두 개가 있는데, 작은 방 하나가 큰방 앞의 마루에서 바로 들어가도록 문이 나 있어야 하는데 그게 아니었다. 번거롭게 토방으로 내려가 신을 신고 몇 걸음 옮겨야 들어갈 수 있도록 만들었다. 그 방문은 왜 그렇게 불편하게 만들었을까.

　나의 의문은 이십 년이 지나서야 풀렸다. 시어머니가 18살에 시집와서 보니 시할머니와 사 남매가 산지기 오두막에서 살고 있더란다. 오두막이라도 부엌을 가운데로 해서 양쪽에 방 하나씩 있었지만, 땔감도 없고 이불도 없고 먹을 것도 없으니 방 하나에서 온 식구가 이불 하나로 살았다는 얘기다.

　시할머니가 날마다 부잣집인 친척집에 가서 보리방아를 찧어 주거나 유기그릇 닦거나 허드렛일을 돕고 얻어 온 보리쌀로 죽을 쑤어 먹었고,

큰아들인 시아버지가 19살부터 곰소에 가서 지게로 생선을 떼다가 장사해서 가족의 생계를 이어 갔단다. 작은아버지는 군대 가고 이불 하나로 홀시어머니와 신혼부부, 시누이가 동지섣달을 지내는데 이팔청춘에 만난 신혼부부가 오죽했을까.

이불이 들썩거려도 모른 체했더라면 좋았을 것을……. 홀시어머니가 심술이 났던지 이불을 걷어가 버렸다는 것이다. 얼마나 민망했을까. 시아버지는 그 길로 방을 뛰쳐나와 헛간처럼 쓰던 다른 방을 치워 거적을 깔고 둘이서 보듬고 자기 시작했는데 젊은 부부의 온기가 따뜻해 지낼만하더란다.

시아버지는 과일장사, 생선장사, 술장사, 담배장사, 공산품 잡화상 등 안 해 본 장사 없이 하며 돈을 벌어 제일 먼저 땅부터 사서 집을 지었다. 그리고 시어머니 부부가 사용할 방을 홀시어머니가 자는 큰방과 동떨어지게 만든 것이었다.

내가 결혼했을 때 매몰차게 이불을 걷어 냈던 시할머니도 계셨다. 가끔씩 시골에 가면 할머니는 몇 개 안 남은 이를 보이며 웃음을 잃지 않았고, 연방 내 등을 토닥거리며 마냥 흐뭇해하셨다. 손자며느리인 내게 홀시어머니 앞에서는 부부가 다정한 척도 하지 말라고 주의를 주셨던 할머니, 청상과부로 살아오신 시할머니의 며느리 사랑 방식이었을까.

이제 시어머니의 연세가 그때 시할머니 연세쯤 되셨다. 고부 사이라도 서로 흉허물 없이 지내다 보니 별의별 대화를 다 주고받는다. 그래서 방문이 그쪽으로 난 사연도 알게 되었다.

이런저런 얘기 끝에 생전에 시할머니가 내게 하셨던 말씀을 전해 드렸더니 당신은 홀어미라도 아들 내외가 다정한 것을 보면 그렇게 좋다며 당신처럼 재미없게 살지 말고 오순도순 재미나게 살라고 이르신다.

그래서인가, 새로 집을 짓기 전에는 시골에 갈 때마다 어머니 부부가 쓰던 방을 우리 부부가 썼다. 어머니는 잊지 않고 그 방에 요강도 넣어 주고, 자리끼도 넣어 주시는 걸 잊지 않았다.

방문이 그쪽으로 난 까닭은, 부부지정을 나누는데 방해받고 싶지 않은 시아버지의 아픈 상처에 대한 치료책이었을까, 아니면 청상과부인 어머니에 대한 아들의 배려였을까.

시아버지는 생전에 아내보다도 항상 홀어머니를 먼저 챙기는 둘도 없는 효자였다고 일가친척들이 이구동성으로 말한다.

품앗이

품앗이는 일상에서 떼놓을 수 없는 역사가 오랜된 우리의 풍속이다. 노동력이 많이 필요했던 농경 사회에서 품삯 대신 사람이 가서 노동으로 갚았던 품앗이가 지금은 노동을 돈으로 계산하는 임금 문화로 바뀌었다.

사람이 태어나서 죽을 때까지 상부상조라는 이름 하에 끊임없이 품앗이를 하며 살아간다. 아기가 태어나면 미역을 선물하고, 백일 떡을 돌리고 돌 반지를 주고받으며, 초등학교 입학에서 대학 졸업 때까지 축하 꽃다발을 주고받는다. 사회에 나가 취직했을 때도 서로 축하를 해주는 것도 품앗이의 연장선이다.

어디 그뿐이랴. 일생에서 가장 뚜렷하게 품앗이를 해야 하는 경우는 결혼식 때의 축의금과 상(喪) 당했을 때의 부의금이다. 미국 뉴욕타임지가 우리나라 결혼식을 '이상한 결혼식 문화'라고 꼬집은 것은 극히 일부분을 보고 하는 소리다.

몇 천만 원의 결혼식 비용과 예식장을 에워싼 축하 화환 행렬, 뇌물성에 가까운 축의금이나 청첩장에 계좌번호를 인쇄하여 마구 뿌리고, 청첩장을 세금고지서로 받아들이는 것도 소수의 사람들에게만 해당된다.

우리는 살아가면서 관혼상제를 몇 번씩 겪게 된다. 그때마다 품앗이로 주고받는 풍속을 부정적으로 해석해서는 안 된다. 관혼상제 때 주고받는 축의금이나 부의금은 우리나라만이 지니고 있는 아름다운 풍속이다.

품앗이로 주고받는 금전은 우리 서민들에게 큰 힘이 되어 준다. 지출할 때는 푼돈이지만 큰일이 생겨 받았을 때는 목돈이 되어 큰일을 무사히 치를 수 있으니 얼마나 유익한 품앗이인가.

'품앗이' 라는 말이 참 좋다. 마음에 부담이 없고 들을수록 편안해진다. 어렸을 때 시골에서 자라면서 많이 들었던 말이라서 나만 그런 것인지 모르겠다. 집성촌에 살면서 할머니 심부름으로 안 고샅까지 다니며 놉을 얻었다. 모내기, 벼 베기, 나락 타작, 콩밭 매기에 필요한 일꾼을 찾을 때, 어느 날에 품을 갚을 수 있는지 꼭 확인해야 다른 집 품과 겹치지 않는다. 일손이 모자라면 어린 우리들까지 동원되기도 했다.

그런 환경에서 자란 영향인지 누군가에게 받으면 꼭 갚아야 된다는 생각이 뿌리 깊게 박혔다. 가족이라 할지라도 그런 생각에서 벗어나지 못한다.

문인협회 행사 중 하나인 백일장 심사를 하고 있는데 딸아이한테 문자가 들어왔다. 아빠가 아파서 일찍 들어왔다는 것이다. 평소 고뿔 한 번 걸리지 않고 웬만하면 그렇게 일찍 들어올 리 없기에 가슴이 철렁 내려앉았다. 전화를 했더니 괜찮다며 일 다 끝나고 들어오란다. 말은 고맙지만 마음이 불편하고 조급한 생각에 서둘러 들어왔더니 꼼짝 못하고 침대에 누워 있는 남편이 한눈에 들어온다.

새벽에 운동하러 산에 갔다가 넘어졌지만 이상이 없어 출근했는데 점심때부터 걸을 수 없이 통증이 오면서 다리를 움직일 수 없었단다. 사무실에서 응급처치하고 손수 운전하여 간신히 왔다며 고통스러워한다. 병원은 싫다며 조금만 견뎌 보겠단다.

부축하여 화장실로 먼저 갔다. 의자를 갖다가 앉게 하고 발을 씻겨 주었다. 결혼 23년 만에 처음 있는 일이었다. 숨쉬기가 불편하다 하여 채혈침으로 열 손가락을 따고 피를 빼냈다. 아픈 다리 안팎으로 파스를 붙이고 남편이 누워 있는 동안 전복죽을 쑤어 먹도록 하고 옆에 붙어 앉아 시중을 들었다.

남편은 내가 조금만 아파도 지극정성으로 보살펴 주곤 했다. 성깔에 비해 자상하면서도 차분하게 싫은 내색 없이 꾸준히 마사지를 해서 병원에 가지 않고도 나은 병이 한둘이 아니었다. 그걸 생각하면 이때야말로 품앗이를 할 기회라는 생각이 들어 밤새 아기 다루듯 신경을 쓰며 내 딴엔 하느라 했다.

지성이면 감천이라 했던가. 남편은 내 지극정성으로 다 나았다고 고마워하며 다음 날 무리 없이 출근을 했다. 그제야 안도하며 아내 사랑이 필요했던 것 같다고 농담까지 했다. 나이 먹어 가면서 그렇게 품앗이하며 오순도순 살자 했더니 동의한다.

우리가 살아가는 동안 품앗이할 일이 어찌 한둘이겠는가. 내 가족에서부터 점점 영역을 넓히며 부모 형제, 이웃들과 더불어 살아가야겠다.

복 많이 받아라

우리는 새해가 되거나 설 명절이 되면 덕담이란 걸 하게 된다. 제일 많이 듣는 말은 '복 많이 받으세요. 부자 되세요, 소원 성취하세요. 만수무강하세요.' 등이다.

덕담을 자주 하면 꼭 그렇게 될 확률이 높다. 종교인이 기도하거나 우리네 할머니들이 정화수 떠 놓고 비는 것과 같은 효과가 있는 것이다.

그래서 아이 이름 지을 때도 평생 동안 부를 이름이니 좋은 이름 짓자고 고액도 아까워하지 않는다. 자식 키울 때 욕을 하더라도 '복 받을 놈'이라고 하라는 우스갯소리를 새겨 보니 그럴 수도 있겠구나 싶다.

친척 중에 욕쟁이 할머니가 계셨다. 그 할머니는 많은 자식을 키우면서 듣도 보도 못한 욕을 거품 물며 했다. 어려서 뜻은 몰랐지만 분명 안 좋은 욕이었다. '염병할 놈, 호랑이가 물어갈 놈, 서나(혀) 빠질 놈, 주리를 틀 놈, 육시랄 놈, 낭자할 놈, 문댕이가 잡아 갈 놈 등. 그래서인지 그 할머니의 자녀들이 성장하면서 안 좋게 하나씩 세상을 떴다. 자살

한 아들과 딸이 있었고, 암으로 죽거나 몹쓸 병에 걸려 오랫동안 고생하다 죽거나 이혼을 하고 어렵게 살았다. 그 욕쟁이 할머니는 평생 자식들의 안 좋은 꼴만 보다가 돌아가셨다.

친정어머니는 자주 그 할머니 얘기를 하며 자식들을 혼내더라도 좋은 말로 하고 욕을 하더라도 복되는 욕을 하라며 주문한다.

친정아버지가 살아계실 때, 맏딸에게 의지하듯 지금은 친정어머니가 그러신다. 무슨 일만 있으면 전화해서 문제를 해결한다. 부모에게 효도하려 했더니 그때는 이미 부모가 돌아가시고 안 계셔서 효도를 못한다는 '풍수지탄(風樹之嘆)'이란 사자성어를 달고 사는 어머니는 전화를 끊을 때마다 "고맙다, 미안하다, 복 많이 받아라!"를 주기도문처럼 외우신다.

처음엔 그 말조차 부담스럽더니 언제인가부터 기분이 좋아졌다. 하도 많이 들으니 이젠 내게까지 전염되어 만나는 이들에게 어깨를 두드려 주며 '복 많이 받으라.'는 말을 후렴처럼 한다. 그 말을 듣고 싫어하는 사람은 없었다. 그 말로 인해 복을 많이 받을 것 같아 기분이 좋다고들 한다.

누구에게든 고맙다는 표현을 '복 많이 받으라.'고 해 보라. 껄끄러웠던 관계가 풀리고 어려움에 처하거나 절망 속에 빠진 사람에게는 희망의 메시지가 되어 더불어 행복해진다. '복 많이 받으라.'고 말할 때 자기최면이 되어 이미 나에게도 복이 들어온 기분이 든다.

하루에도 몇 번씩 하게 되는 '복 많이 받으라.'는 말이 나의 기도가 되고, 닉네임이 되었다. 친정어머니에게 받은 축복의 메시지처럼 만사가 형통하여 소망하는 일들이 순조롭게 이뤄져 부모 형제의 등대가 되고, 이웃에게는 행복을 전하는 행복의 전도사가 되기를 희망한다.

슬픔의 크기

사람이 살아가는 동안 슬픔을 몇 번이나 겪게 될까. 개인에 따라 다르겠지만 누구나 한번쯤은 겪게 될 큰 슬픔은 부모 형제와 배우자와 자식을 잃었을 때가 아닐까.

반평생을 살아오면서도 큰일을 겪어 보지 않아 충격이 컸다. 양가에 연로하신 부모님이 계셔서 언젠가는 마음의 준비를 해야 되지 않을까 하면서도 그 언젠가가 멀리 있는 것처럼 살다가 막상 겪고 보니 슬픔이 성난 파도처럼 몰려왔다.

일요일 아침, 아버지가 이상하다는 친정어머니의 다급한 전화를 받았다. 아버지는 머리가 아프거나 어지러우면 병원에 입원해서 한 달가량을 요양하다 퇴원하시곤 했다. 우리들은 웃으면서 병원에서 푹 쉬시라고 농담을 할 정도로 심각하다는 생각을 하지 않았다. 병원에서 퇴원한 지 얼마 되지 않아 그러려니 했다.

아버지가 돌아가실 것 같다는 데도 믿어지지 않고 아버지에게 친절하지 않았던 어머니가 야속해서 돌아가서도 연락하지 말라고 억지를 부렸다. 불안한 오전을 보내고 오후 2시쯤 돼서 아버지가 앰뷸런스에 실려 갔다는 어머니의 전화와 함께 곧 운명하셨다는 전언이 허공에서 맴돌았다. 설마하면서 동생들에게 전화했다.

시간이 지나면서 살갗에 소름이 돋기 시작했다. 동생들에게 울면서 다시 확인해 보라고 했더니 이미 사망진단이 내려졌다고 했다. 어떻게 그럴 수 있을까. 믿어지지 않았지만 현실이었다.

내려가지 않겠다고 억지를 쓰면서 북받치는 설움을 삼켰다. 울어야 하는데 마음 놓고 소리칠 공간이 없다. 이웃에 들릴까 봐 목 놓아 울지도 못했다. 이웃 때문에 우는 것도 마음대로 못하냐며 마음껏 울라고 아이들이 화가 나서 말했다.

책상에 엎드려 울다가 침대에 엎어져 울다 하면서 시간이 흘러가고 있었다. 중국에 있는 여동생에게 전화하면서 함께 통곡했다. 생전에 찾아뵙지 못했는데 무슨 염치로 가겠냐며 동생도 오지 않겠다고 한다. 잘 달래어 잠깐이라도 다녀가도록 했다.

남동생들이 돌아가며 전화를 했다. 다음 날 입관 시간을 알려 주며 마지막 가시는 아버지를 보라며 울었다. 남편은 휴가를 내고 개학일인 세 아이는 학교에 연락해 놓고 집을 나섰다. 가는 동안 내내 눈물이 쏟아졌다.

아버지는 사 남매 중 맏이인 나와 제일 가깝게 지냈다. 매일 통화하다시피 했고 한 달에 한 번씩 올라오셨고, 또 우리가 한 달에 한 번씩 내려가 뵈었다. 시골에 갈 때마다 점심밥을 준비해 놓고 대문 앞에서 기다리며 반기셨던 아버지가 돌아가시다니 믿을 수가 없다.

오래된 주방을 뜯어내고 싱크대를 새로 놓았더니 새 집이 되었다고 좋아하고, 날마다 산소로 출근하다시피 하며 납골묘를 준비하고, 수십 년이 된 할머니 묘를 손수 파서 화장해 납골묘에 모셨다고 기뻐하며 자랑하더니 가시려고 그러셨나.

전달에 내려가서 뵙고 상경 준비를 하고 있는데 변산 한 바퀴 돌고 싶다고 하시는 것을 다음 달에 와서 모시고 가겠다며 미루었는데, 상경 길이 막히더라도 모시고 다녀올 것을 후회되었지만 이미 소용없는 일이었다.

장례식장에 도착했다. 두 동생이 마중 나왔다. 상주인 두 동생을 보자 눈물이 쏟아졌다. 목이 멘 채로 동생들을 따라 입관실로 갔다. 아버지가 아주 평온하게 누워 계셨다. 사실을 확인하고 나니 전신이 부들부들 떨려 왔다. 아버지의 얼굴을 만지며 부르고 불렀다. "아버지!" 하고 부르면 "김 선생 왔어." 하시며 금방이라도 일어나 반길 것 같아 목청껏 애타게 불렀다. 그러나 아버지는 말도 많고 탈도 많은 이 세상이 싫다는 듯 입을 꼭 다물고 계셨다.

부모 형제들로 인해 평생을 마음 편히 한번 못살고 떠나신 아버지에게 수의가 입혀지고 있는데 가슴을 도려내는 것 같았다. 가슴이 아프도록 울고 울었다. 숨을 쉴 수 없을 정도로 통증이 전신을 타고 흘렀다. 50평생 참고 묻어 두었던 눈물이 한꺼번에 봇물 터지듯 쏟아졌다. 그 작은 눈물샘에서 눈물이 하염없이 흘러나왔다. 나중에는 기운이 없어 목소리도 나오지 않아 땅바닥에 주저앉았다. 남편이 부축해 주었다.

동생들도 입관하는 모습을 보며 통곡했다. 타임머신이 있다면 일주일 전으로 돌리고 싶었다.

다섯 번째 작품집 『바라만 보아도 눈물이 난다』가 출간되어 먼저 택배로 보내드리겠다고 했더니 내려올 때 가져오라 해서 그러기로 약속했는데, 일주일을 못 기다리고 떠나신 것이다. 내 일을 당신 일처럼 좋은 일이 있을 때는 기뻐하고 속상한 일이 있으면 위로해 주시던 아버지가 영영 떠나셨다.

수필집 제목처럼 바라만 보아도 눈물이 났던 것은 연로하신 부모님을 보면 지는 해를 보는 것 같아서, 돌아가시면 보고 싶어도 볼 수 없기에 바라볼 때마다 가슴이 뻐근하면서 눈물이 났던 것인데 현실이 되었다.

발인하는 날, 하늘도 슬픈지 찌뿌둣하더니 빗방울이 떨어졌다. 화장터에 도착해서 불가마로 들어가는 아버지를 보면서 이성을 잃었다. 주저앉아 아버지를 외쳐 불렀지만 소용없고 아버지는 몇 시간 만에 한 줌 가루로 나왔다. 한 주먹도 안 되는 것을……. 70평생을 그렇게 힘들게 사셨던가 싶으니 인생의 허망함과 무상함이 뼛속을 파고들었다.

죽은 자는 말이 없고 산 사람은 살기 마련이라는 말처럼 아버지가 산화되고 있는 시간에도 산 사람들은 먹을 것을 챙겨먹으며 웃기도 하고 농담도 하면서 시간을 보냈다. 인생은 다 그런 것이라면서.

부모 잃은 슬픔, 자식 잃은 슬픔, 배우자를 잃은 슬픔의 크기가 다를까. 어느 선배분의 말씀처럼 부모가 90이 넘어 돌아가셔도 자식들은 슬프고 마음이 아픈데, 사람들은 살만큼 사셨다며 호상이라고 쉽게 말하는 것을 본다. 호상이라는 말을 함부로 입에 올리지 말아야 한다.

　내가 겪어 보고서야 슬픔의 크기를 가늠하게 되었다. 젊은 연예인 안재환과 최진실이 자살하였다고 장례식까지 보여 주며 사회가 소란스러웠다. 그 가족들의 절망과 슬픔이 전해져 가슴에 통증이 온다. 젊은 사람들도 떠나는데 우리 아버지는 희수를 바라보고 가셨으니 위안을 삼을까. 이제는 젊은 사람이 하도 많이 떠나니 아버지 얘기를 입에 담기도 민망하다.

　젊든 노환이든 이제 누가 돌아가셨다는 소리만 들어도 그 슬픔의 크기가 전해지고 내 일처럼 느껴져 진심으로 위로하게 된다.

사부곡(思父曲)

　사람들이 어머니를 이야기할 때 난 아버지를 얘기하고, 어머니를 그리워할 때 난 아버지를 그리워한다. 그만큼 아버지는 내게 어머니와 같은 분이다. 유년 시절부터 어머니가 해야 할 역할을 아버지가 모두 해 주셨기 때문에 아버지와 더 많은 정이 들었다.

　어머니가 어려서 결혼해서인지 아니면 성향인지는 모르겠으나 젊었던 어머니는 자식에 대한 사랑보다도 당신의 인생에 치중하며 살았던 기억이다. 칠순이 넘은 지금까지도 변하지 않은 걸 보면 성향인 것 같다.

　사 남매 중 삼 남매가 할머니 할아버지 슬하에서 유년을 보낼 때도 읍내에서 우리를 보러 오는 분은 아버지였다. 어머니의 손이 많이 가는 편물점과 양장점을 했기 때문이라지만 우리 삼 남매가 늘 그리워한 것은 모정이었다.

　읍내에 있는 여중학교에 입학하면서 만난 어머니는 그토록 목메게 그리워하던 어머니가 아니었다. 생활고에 시달리기도 했지만, 항상 당신의 인생을 우선하는 삶을 살아 사춘기에 접한 나의 불만을 고조시켰다. 부모가 고생하는 것은 모두 우리 사 남매를 교육시키기 위한 것이라는 걸 안 것은 한참 후였다.

아버지는 어머니의 빈자리를 채워 주며 자상하게 우리를 돌보셨다. 맏딸인 내게는 더욱더 애정을 보이셨다. 아버지가 카투사에 복무할 때 대여섯 살이던 나는 아버지 덕분에 시골 농촌에서 신데렐라가 되기도 했다. 아버지가 휴가 올 때 가져온 보기도 귀한 빨강 구두와 색동 나일론 양말을 신고 다니며 스타가 된 것이다.

초등학교 3학년 때는 하트 모양의 은 목걸이 양면에 아버지, 어머니 사진을 넣어 줘 부모님이 보고 싶을 때마다 열어 보곤 했다. 우리들이 부모와 떨어져 살면서 모정에 갈증을 느끼고 있을 때마다 어머니 대신 아버지가 채워 주셨다.

아버지가 사업을 시작하고 경제적으로 여유가 생겼을 때, 여동생과 나의 속옷이며 날씬하게 보이라고 거들까지 챙겨 주신 분도 아버지였으며 서울 가시면 우리들의 선망이던 학생 구두며 손목시계, 학생 코트 등도 모두 아버지가 챙겨 줘 남들도 다 그러는 줄 알았다.

어머니가 종교 생활을 시작하면서 우리는 여전히 어머니의 빈자리를 자주 접해야 했다. 그럴 때마다 아버지는 우리 사 남매를 세세하게 보살펴 줘 자식들은 어머니보다 아버지를 더 생각하고 좋아하게 되었다.

맨몸으로 분가하여 남의 곁방살이부터 시작하여 논을 사고, 집을 짓고 자식들을 가르치고 하면서 자수성가한 아버지였지만, 가지 많은 나무 바람 잘 날 없이 부모 형제들 일로 마음 편한 날이 많지 않았다. 그러저러한 이유로 아버지는 시댁에 대한 불만이 많은 어머니 앞에서는 항상 약자였다.

우리들이 이성과 판단력이 생길 무렵엔 어머니보다 연약한 아버지 편을 들 수밖에 없었다. 팔 남매의 장남으로 평생을 부모 형제 뒤치다꺼리하느라 허리 펼 날이 없던 아버지를 위해서, 우리 사 남매는 어릴 때부터 하나로 뭉쳐 지내면서 아버지의 무거운 짐을 덜어 드리자고 굳게 손을 다잡았다.

맏이는 살림 밑천이라는 말을 실천하려고 누가 시키지도 않을 일까지 맡아하고 동생들과 객지 생활하며 20대를 고스란히 보냈다. 아버지는 그게 그렇게도 마음에 걸려 평생을 미안해하면서 사셨다.

집안에 일이 생기면 두 아들이 있고 옆에 어머니가 계시는 데도 노상 맏딸인 나와 의논을 하셨다. 불혹을 넘긴 아들들을 두고 그럴 때는 몹시 부담스러워 어머니와 남동생들과 의논하라고 말씀드려도 아버지는 매일 전화를 하셨다. 좋은 일이 있으면 좋아서 하셨고, 속상한 일이 있으면 속상하다고 전화를 하셨다.

내가 제일 싫어한 전화는 어머니와 다투고 하소연하는 전화였다. 종교적인 갈등으로, 어머니 씀씀이 때문에 전화하실 때마다 열 자식보다 악처가 낫다고 위로해 드리고, 병 없이 건강하시니 얼마나 감사하냐고, 어머니가 병원에 누워 있다고 생각해 보라고, 평생을 경제권 없이 필요할 때마다 돈을 타 쓰는 여자는 대한민국에서 어머니밖에 없을 것이라고 말씀을 드리면, 아버지는 "옳라, 옳라, 역시 김 선생은 현명해." 하면서 만족해하셨다.

아버지는 유언장을 자주 쓰셨다. 상가는 누구 것, 논은 누구에게 안집은 누구누구 하면서 조목조목 적어 도장 찍은 유언장을 수시로 등기 속달로 부쳐 오면 난 개봉도 안 하고 치웠다.

자식들에게 물려줄 생각 말고 하나씩 처분하여 여생을 편히 보내시라고 해도 팔면 엉뚱한 곳으로 다 흘러간다며 경계하느라고 평생을 불편하게 사시던 아버지가 좋은 꼴도 못 보고 갑자기 떠나셨다.

그토록 가까이 지냈는데 어떻게 내게 한마디 말씀도 없이 그렇게 떠나셨을까. 아직까지도 믿어지지 않는다. "김 선생, 아버지여. 별일 없지." 하며 전화하실 것만 같고, 금방이라도 초인종이 울리고 "아버지여." 하며 들어오실 것 같다.

돌아가시기 전날 전화와 핸드폰으로 그렇게 연락을 했건만 받지 않고 뭣하고 계셨을까. 무슨 생각하며 고통을 감내하고 계셨을까. 정말로 인명은 재천일까.

아버지가 가신 지 열 달이 되어 간다. 바라만 보아도 눈물이 나던 나의 아버지! 살아 계신다면 뭐든지 원하시는 대로 해 드릴 수 있을 것 같은데 만날 수 없는 곳으로 가셨다. 아버지가 보고 싶다.

4. 자유의 날개를 달고

자유의 날개! 얼마나 멋진 이상인가.
마음껏 훨훨 날고 싶은 욕망은 누구에게나 있겠지만,
어린 자녀를 둔 학부모인 경우는 그 간절함이 배가된다.
1박 하자는 여행 얘기가 나왔을 때 의견 일치를 이룬 것도
짧은 시간이라도 자유롭고 싶은 마음의 표출이었다.

가을이 되면

사람이 그리워지면 가을이라지요. 유독 전화벨이 많이 울리는 계절입니다.

기억 속에 희미해진 이름이 반가워 추억을 반추하며 그때 그 시절로 돌아갑니다. 추억의 동산에서 한참을 유영(遊泳)하다가 친구의 아들딸이 결혼한다는 소식을 접합니다. 옛 친구들을 만나기 위해 결혼식장을 찾습니다.

만추(晩秋)

가을걷이가 끝난 텅 빈 들판에 깃든 고요가 그리움을 몰고 온다. 사랑했던 사람들과 이별을 준비해야 될 연령에 와 있다. 허전하고 쓸쓸하다. 그렇게 흘러가는 게 인생이라고 바람에 나부끼는 낙엽이 내게 말한다.

부모와 학부모

부모는 멀리 보라 하고 학부모는 앞만 보라 합니다.

부모는 함께 가라 하고 학부모는 앞서 가라 합니다.

부모는 꿈을 꾸라 하고 학부모는 꿈꿀 시간을 주지 않습니다.

당신은 부모입니까, 학부모입니까?

공익광고가 나에게 묻는다. "당신은 부모입니까, 학부모입니까?"

순간 고민이 된다. 부모이고 싶은데 현실은 나를 학부모로 만들고 있다. 큰아이 둘은 대학생이어서 크게 학부모 노릇할 일이 없는데, 중학교 2학년인 막내의 경우는 학부모 노릇을 할 수밖에 없다.

큰아이들 때와는 다르게 학교 시스템이 많이 변했다. 중학교가 의무교육으로 되었고, 내신 성적이 수면 위로 떠오르면서 학부모가 시험 감독에 나가야 하고, 학생들의 품행지도를 돕기 위해 '학부모보람교사단'이 발족되기도 한다.

10년 전에는 그렇게 안 가던 학교였는데 지금은 학교에서 안내장만 오면 빠지지 않고 총회에도 가고, 시험 감독이며 학부모보람교사로 봉사하러 간다. 뿐만 아니라 교육 특강이나 체육대회, 각종 행사에 얼굴을 내밀며 내 아이가 뒤처지지나 않을까 노심초사한다.

세 아이가 같은 환경에서 같은 부모의 유전자를 가지고 나왔을 텐데 아롱이다롱이인 것을 본다. 자식은 부모 맘대로 되지 않는다는 것을 절감하고 있다. 큰아이만 잘 키우면 아래 동생들은 저절로 본받을 것이라는 생각이 빗나갔다.

튼튼한 울타리 속에서 자란 딸은 그런대로 부모 맘을 편하게 해 주었다. 울타리 문을 열어 놓고 키운 큰아들은 딸하고 달라 자유분방하고 공부보다 운동을 더 좋아한다. 목표에 못 미치는 대학교에 가더니 뒤늦은 후회를 하고 있지만 여전히 공부보다 운동을 선호한다. 막내 녀석은 누날 닮아 주기 바라는 부모를 외면하고 형을 모델로 삼아 틈만 나면 운동을 하고 게임을 즐기며 음악을 듣는다고 귀에 이어폰을 끼고 다닌다.

초등학교 때는 실컷 놀면서도 앞서 가던 성적이 중학교에 가서는 시험을 볼 때마다 배로 떨어져 애를 태웠다. 공부는 대신해 줄 수도 없고 아무리 현실을 인식시키려 해도 본인이 받아들이지 않으니 공염불에 그치고 말았다.

부모 되기를 포기하고 학부모로 나섰다. 초등학교 6학년 때, 그토록 사 달라고 조르는 핸드폰을 약속대로 평균 95점에 이르러서 사 주었다. 그런 약속의 효험을 또 한 번 사용하기로 했다.

요즘 중고생들은 성적이 한 번 떨어지면 너도나도 열심히 하기 때문에 따라잡기가 힘들다. 막내는 한 번만 기회를 달라며 만약 목표 달성을 못하면 무조건 엄마가 하자는 대로 따르겠단다.

아이는 목표 점수커녕 더 떨어져 엄마의 뜻에 따라 몇 년 다니던 태권도와 영어, 수학학원을 끊고 보습학원 종일반에 들어갔다. 적응하는 데에 한 달이 걸렸다. 펑펑 놀다가 붙박고 앉아 공부하려니 죽을 맛이고 힘들 것은 뻔하다. 막내는 공부하면서 아들이 죽는 것 보고 싶으냐며 불평을 했다. 공부하다 죽은 사람 못 봤으니 적응하라고 학부모 노릇을 톡톡히 했다.

결과 아이의 성적이 급상승했다. 100등 밖으로 밀려났던 성적이 10위권에 진입했다. 어쩌다 나온 성적이겠거니 했는데 그 다음에도 잘나왔다. 학교에서도 학원에서도 친구들 사이에서도 아이가 혜성처럼 나타났다고 입소문이 났다.

선생님들이 교실로 찾아와 어떻게 공부했는지 아이들에게도 방법을 가르쳐 주라고 하더란다. 주변에서 공부 방법을 물으면 '공부는 스스로 깨달아서 해야 된다며 저도 공부를 안 하다 한 것뿐'이라고 말한다.

막내를 보습학원에 보내면서 원장에게 "우리 아이를 학원의 모델로 한번 만들어 보세요." 했는데 일 년도 안 가서 정말 모델이 되었다. 많은 친구가 막내아들이 다니는 학원으로 가서 함께 공부하고 있다.

난 아직도 부모이기를 포기했다. 아이와 막상막하인 친구들이 같은 학원에 와서 선의의 경쟁을 하고 있는 것은 바람직하지만, 우리 아이가 앞서 가기를 바라고, 또 한눈팔지 않고 앞만 보고 가기를 간절히 바라고 있다. 그렇지만 꿈꿀 시간만은 빼앗고 싶지 않다.

"당신은 부모입니까, 학부모입니까?"

오해와 진실

오해는 의심을 낳고 의심은 불신을 초래해 삶을 건조하게 만든다. 하지만 진실은 오해에 묻혀 빛을 잃었다가도 결국 실체가 드러나 그 가치를 보석처럼 빛나게 한다.

우리는 살아가면서 진실보다 오해에 더 솔깃해 풍랑에 휘말릴 때가 많다. 그럴듯한 거짓이 마음을 쉽게 움직이게 하는 것이다. 세간에 떠도는 각종 유언비어도 이 부류에 속한다. 거짓으로 분장한 큰 목소리에 가려 진실의 목소리는 들리지 않고 오해의 덫에 걸려 부화뇌동하다보면 무가치한 소모전을 치르게 된다.

나를 이 세상에 있게 한 어머니를 오해하여 의심하고 불신하며 반평생을 살아왔다. 단편적인 부분만 보고 내식의 잣대를 들이대며 저울질하고 진실의 실체를 보려하지 않았던 것이다.

그런 연유로 남들처럼 어머니와 다정하게 오순도순해 본 적이 없고 '어머니' 란 말만 들어도 가슴이 뭉클하다고 하는 사람들이 부러웠다.

내게 각인된 나의 어머니는 남편과 자식이야 어찌되었든 당신하고 싶은 것은 다해야 직성이 풀리고, 집안 형편은 아랑곳하지 않고 체면을 최우선으로 살며 가족보다 당신 인생을 먼저 챙기는 강한 여인이었다.

유아기는 외할머니와 지내고, 유년은 할머니 슬하에서 보내다가 사춘기 때 부모와 만나 여중고 졸업할 때까지 6년을 함께 살았다. 그 이후 줄곧 떨어져 살았는데 어머니에 대한 오해와 편견은 언제부터 시작되었는지 모르겠다.

어머니라는 존재는 자식을 위해 희생하고 헌신하며 일평생을 봉사해야 한다는 인식과 세상의 어머니는 다 그래야 된다는 생각을 왜 갖게 되었을까. 6, 70년대의 사회적 현상에 기인(起因)된 것이었을까.

나만 옳게 살아왔고 내 생각이 정답이며 꼭 그리 살아야 한다는 아집이 무너지기 시작한 것은 절반의 인생을 보내고 있는 최근의 일이다.

방년을 넘긴 딸아이가 휴학하고 집에서 외무고시를 준비하고 있는데, 전에 느끼지 못한 미묘한 감정싸움이 일어나곤 한다. 예민한 사람끼리 부딪는 횟수가 많기 때문일까.

평소 딸아이한테 많은 것을 얻어 듣고 있는 터라, 터울이 많은 막내 교육 문제로 도움을 받곤 하는데 어느 땐 지나치다 싶게 말에 가시가 돋고 냉정하다. 저야 남매지만 난 부모의 입장이니 그리 말하지 말라 해도 논리를 운운하며 따지는데 만정이 떨어진다. 그런 딸아이를 보면서 친정어머니를 생각했다. 나의 어머니도 그때 지금의 내 심정이지 않았을까. 아니 나보다 더 젊은 나이였으니 속상함의 정도가 더 심했을 것이다.

중고생이었던 딸이 어머니는 계모냐며 대들고, 종교인은 뭔가 달라야 한다고 핍박하며 남들처럼 자식을 위해 희생과 봉사할 것을 요구했으니 얼마나 황당했을까. 내가 딸아이한테 감정 상하는 일이 없었던들 그 사실을 깨닫지 못하고 넘어갈 뻔했다. 그때의 어머니를 떠올리니 지금까지 움켜잡고 있던 어머니에 대한 오해와 편견이 사라지고, 그동안 아버지 말만 듣고 어머니를 매도한 일들이 주마등처럼 스쳐 간다.

부모도 자식들의 관심을 끌기 위해 경쟁하나 보다. 마음이 여리고 소극적이었던 아버지는 어머니에 대한 얘기를 당신 기준으로 자식들에게 전달함으로써 사 남매를 당신 편으로 만들고 어머니와 멀어지게 했다는 걸 아버지가 돌아가신 뒤에야 알게 되었다.

작년 8월 말에 아버지가 갑자기 돌아가시자 어머니는 혼자 집에 있는 게 무서워 교회 기도실에서 한 달을 지내다 우리 집으로 오셨다. 맏딸에게 온전히 의지하며 속내를 내비친 것은 처음 있는 일이었다.

어떻게 어린 아들딸자식이 객지 생활하는 10년 동안 한 번도 찾아오지 않을 수 있느냐로 시작해서 아버지에게 살갑게 해 주지 못함을 탓하며 행복함보다 고통을 더 많이 안고 살다가 떠나신 불쌍한 아버지 얘기를 하다가 목 놓아 울었다. 자식들이 어떻게 사는지 궁금하지도 않더냐고 그동안 섭섭했던 원망, 야속함 등 응어리를 풀어냈다. 아버지의 부재로 모녀는 일주일을 함께 지내며 50년 넘게 쌓인 철통같은 장벽을 허물었다.

내 자식들이 섭섭하게 할 때 친정어머니를 생각한다. 어머니의 자궁을 벗어나면서부터 모정에 갈급했던 우리 자식들에게 정 한 모금 주지 않았음을 원망하며 어머니는 별난 사람이란 오해의 늪에 빠져 오랜 세월을 보냈다.

아버지가 돌아가신 지 1년이 되어 가면서 어머니에 대한 오해가 한 겹씩 풀리고 있다. 아버지 살아생전에 해결하지 못한 큰일들을 어머니의 지혜로 해결하는 것을 보며 어머니에 대한 오해와 불신이 사라지고 있는 것이다. 문제 해결을 위해 어머니와 늘 통화하면서 오해의 덫에서 풀려나 어머니에 대한 진실의 실체를 실감하고 있지만 동생들에게는 시간이 더 필요한 것 같다.

이제는 어머니를 어머니이기 전에 한 여인이며 한 인격체로 보고자 한다. 꼭꼭 숨어 있던 진실의 실체가 빛을 발하는데 참 오랜 세월이 걸렸다. 당신의 인생에 충실했던 건강한 어머니의 삶이 결국 우리 자식들에게는 복이었다는 걸 깨닫는다. 어머니가 기도 생활하며 건강하게 사시는 것도 큰 복인 것이다.

새삼 내 아이 또래 때 나는 어머니에게 어떻게 했나를 반성하면서 사죄하는 마음으로 어머니의 남은 여생을 행복하게 해 드리고자 다짐한다.

자유의 날개를 달고

　자유! 말만 들어도 날아갈 듯 해방감을 느낀다. 많은 사람이 여행을 선망하는 것도 자유롭다는 해방감 때문이지 않을까.

　결혼하면 누가 시키지 않아도 아내요, 엄마이며 며느리와 딸 노릇하느라고 얽매여 살게 된다. 주어진 처지와 본분에 충실하기 위해 스스로 구속되어 사는 것이다. 그래서 하늘 나는 새와 덧없이 떠가는 구름이 부러운지도 모르겠다.

　자유의 날개! 얼마나 멋진 이상인가. 마음껏 훨훨 날고 싶은 욕망은 누구에게나 있겠지만, 어린 자녀를 둔 학부모일 경우는 그 간절함이 배가된다. 1박 하자는 여행 얘기가 나왔을 때 의견 일치를 이룬 것도 짧은 시간이라도 자유롭고 싶은 마음의 표출이었다.

　여행 날짜를 정해 놓고 매일같이 신문 첫 장을 넘겨 날씨부터 살피며 장마권에 접어든다는 뉴스가 맞지 않기를 은근히 기대해 본다. 비가 오면 그 구실로 자유의 날개를 꺾어야 되는데 다행히 비가 오지 않는다.

새벽 5시에 일어나 일행과 만나기로 한 시간에 맞춰 나섰다. 꼭두새벽인데도 사람들이 많다. 식구들은 한참 꿈나라에 가 있을 시간인데 일선에 나선 사람들의 표정엔 활력이 넘친다. 참 부지런한 사람들이다. 덩달아 힘이 솟는다.

대부도 방아머리 선착장 가는 길 마을버스 정류장에서 네 명이 타고 중간에서 한 명이 더 탔다. 모처럼 자유의 날개를 단 학부모 다섯 명이 비상하기 위해 새벽부터 날갯짓을 한다.

여행 목적지는 정해져 있지만 모두 초행길이다. 계획대로 범계역에서 4호선을 타고 안산역에 도착하여 묻고 물어 방아머리 선착장으로 가는 7시 50분 시간 버스 123번을 기다리는데 한참 걸렸다. 얼굴까지 가리는 차양모자와 배낭과 보따리 하나씩 든 할머니들이 몰려온다. 그분들도 123번 버스를 탈 모양이다.

북적이는 버스에서 내릴 곳을 확인하고 출렁이는 바닷물을 바라본다. 시흥시의 '시(始)'와 화성의 '화(華)' 자를 따서 시화호(始華湖)라 했다는데 대부도까지 제방 길이가 30리쯤 된단다.

1987년 4월 건설 당시 수질오염 문제와 생태계 파괴로 말도 많고 탈도 많았던 시화호가 23여 년의 세월이 흐른 지금에 와서는, 천연기념물과 희귀종의 철새들이 찾아오고 해수 유입으로 맑은 물이 넘실대고 있다. 문제가 발생하면 그에 따른 대책을 마련하여 노력하면 안 될 일이 없다는 것을 시화호가 여실히 보여 주고 있다.

방아머리 선착장으로 가기 위해 버스에서 내렸다. 배낭과 짐을 들고 일행 다섯 명이 길 따라 걷는데 우리 말고는 사람이 없다. 긴가민가하며 걷는데 바다와 정차되어 있는 차량 행렬이 보인다. 제대로 왔다는 안도감에 마음이 놓인다. 방아머리 선착장에 도착하여 9시 30분에 출발하는 덕적도 행 배표를 끊어 놓고 김밥으로 아침을 때운다. 시장이 반찬이라 밥맛이 꿀맛이다.

덕적도로 가는 고속 훼리호에서 뱃고동이 울린다. 차량들이 배 안으로 들어간다. 자동차는 5만 원을 내고 싣고 가거나 선착장 부근에 무료로 정차할 수 있다. 방아머리 선착장으로 가는 버스가 많지 않아 승용차를 가지고 가면 편리하다.

우리는 사람들이 가는대로 따라가 승선했다. 아직은 휴가철도 아니고 평일이어서 그리 북적이지 않아 좋다. 한적한 방에 들어가 짐을 부려 놓고 커피를 마시며 모두 행복해한다. 중학생인 아이들이 일주일간 영어마을에 입소한 덕에 엄마들이 모처럼 자유의 날개를 달았다. 좀처럼 떠나기 어려운 1박 2일의 여행을 시도한 것이다. 그것도 육지를 떠나 섬으로 날아가고자 날갯짓을 시작한 것이다.

선상으로 나갔다. 머리카락이 시원한 바람에 흩날린다. 갈매기들이 따라온다. 스스로 먹이 찾기보다 사람들이 던져 주는 새우깡을 받아먹는데 익숙한 갈매기들의 습성이, 땀 흘린 대가에 가치를 두기보다 쉽게 돈을 벌고 편히 살려는 사람들과 닮았다. 재미로 던져 주는 먹이가 갈매기들에게는 어떤 유익이 될 것인가. 먹이 사냥 법을 퇴화시켜서는 안 된다. 외국처럼 야생동물이나 조류에게 먹이를 던져 주지 못하게 막아야 한다.

잔잔한 바다를 헤치고 달리는 훼리호에 몸을 맡기고 난간에 기대어 망망대해를 바라본다. 파란 하늘에 뭉게구름이 떠간다. 비가 약간 뿌려 줘도 낭만적일 것 같다는 생각을 한다.

배를 타면 이미자의 「섬마을 선생님」이 떠오른다. 중학교 2학년 때 유행했던 가요다. 선생님이 되어 산간벽지나 낙도에 가서 천진난만한 어린아이들을 가르치며 함께 뛰어놀고 싶었다. 섬이 좋아 곧잘 찾는다. 완도, 위도, 흑산도, 홍도, 거제도, 제주도, 대마도 등에 갔을 때도 같은 생각을 했다. 이루지 못한 꿈 때문에 미련이 남은 것일까.

함께 간 엄마들과 둘러앉아 아이들의 공부를 어떻게 시켜야 하나. 어떤 방법으로 가르쳐야 안심할 것인가. 학습법과 학원가의 정보, 고등학교 진로 문제를 주고받으며 얘기하는 동안 자월도 손님들이 내리고 배는 계속 달린다. 두 시간 거리의 덕적도가 금세 눈앞에 보인다. 갈매기 떼가 반긴다.

배는 소야도에 먼저 들러 손님들을 내려 주고 바로 앞에 보이는 덕적도로 뱃머리를 돌린다. 안내방송이 나오자마자 서서히 짐을 챙겨들고 밖으로 나온다. 장마가 올 것이라는 기상예보와는 달리 맑은 햇살이 눈부시다. 선글라스가 눈부심과 더위를 반감시켜 준다.

덕적도를 일주하다 숙박업소에서 마중 오기로 했는데 소식이 없다. 전화도 핸드폰도 받지 않아 만감이 교차하게 만든다. 조금만 더 기다려 보다가 오지 않으면 다른 숙소를 알아봐야 하지 않을까. 선착장 부근의 가게에 들어가 민션 '씨 사이드'에 대해 자세한 소식을 전해 듣고 안심이 되어 기다리고 있는데 마중 나온 차가 보인다. 핸드폰 벨 소리를 듣지 못했다며 숙소의 안주인은 무척 미안해한다. 대신 덕적도 일주하는데 5, 6만 원이지만 3만 원에 안내해 주겠다는 반가운 제안이다. 누이 좋고 매부 좋은 격이다.

바다가 코앞에 있는 숙소에 짐을 풀었다. 금강산도 식후경이라고 먼저 점심부터 먹기로 했다. 숙소 부근에 있는 섬마을 식당에 가서 유명한 바지락칼국수로 점심을 해결하고 들어와 집에서 가져간 모시 잎 반죽으로 개떡을 만든다. 여러 명이 몇 개씩 만드니 눈 깜짝할 사이에 다 만들었다.

덕적도를 돌며 안주인의 안내를 받는다. 덕적도의 명동이라 할 수 있는 진 1리에 관공서가 몰려 있다. 유치원부터 초·중·고등학교가 한 울타리에 있고, 면사무소·파출소·보건소·우체국·농협 등이 있어 주민들의 왕래가 활발하다. 그만큼 교통도 편리하고 육지로 통하는 선착장이 가까워서 그곳에 소재지가 생겼으리라.

가 볼 만한 곳이라고 제일 먼저 내려 준 곳은 **밧지름해변**이었다. 들어가는 길이 시골 밭두렁 길처럼 생겼다. 다른 길이 있을 테지만 지름길로 안내한 모양이다. 사이 길을 걸으며 보라 꽃과 하얀 꽃이 어우러진 도라지 밭과 우거진 갈대와 지천으로 널려 있는 나팔꽃과 야생화를 카메라에 담았다.

'밧지름'이란 이름이 특이하고 인상적이다. 이름만큼이나 해송도 멋있다. 그렇게 잘생긴 아름드리 황금소나무는 처음 본다. 기품 있게 서서 바닷바람을 맞고 있다. 바람과 파도에 쓸렸는지 해변가에 있는 나무들이 속옷 보이듯 뿌리를 다 드러내 놓고 있다. 태풍이라도 불면 금세 쓰러질 것 같은 위태로움이 느껴진다.

바닷가 모래사장에서 대학생들이 캠핑 와서 즐겁게 놀고 있는 것을 보니 논산에서 훈련 중인 큰아들이 생각난다. 방학이라 저 친구들처럼 한창 신나게 놀 수 있을 텐데 장교가 되기 위해 비지땀을 흘리고 있는 중이다.

가는 곳마다 잘생긴 소나무가 반갑게 맞아 주고 눈을 즐겁게 해 준다. 강원도에서는 소나무의 에이즈인 재선충병으로 많은 소나무가 죽어 간다는데 이곳 덕적도의 소나무는 아주 건강하고 늠름한 자태로 자리를 굳건히 지키고 있다. 해풍의 약효인지도 모르겠다.

유명한 서포리해수욕장으로 가는 길가에 해당화가 즐비하다. 봄에 왔더라면 붉게 핀 해당화를 실컷 볼 수 있었을 텐데 아쉽다. 서포리노을로 더 알려진 선착장에서 기념사진을 찍으며 해수욕장을 내려다본다. 완만한 경사의 백사장이 아름답다. 아직은 사람이 없지만 휴가철이 되면 많은 인파가 몰려오겠지. 해변이 조용해서 좋다.

길라잡이는 서포리삼림욕장을 아주 잘해 놓았다고 한껏 자랑하며 우리를 입구에 내려 준다. 삼림욕장 끝에 가서 기다리고 있겠다며 천천히 걸어 나오란다. 정말 멋있게 단장해 놓았다. 노송이 우거진 숲 속에 나무로 만든 삼림욕길이 퍽 인상적이고 낭만적이다.

덕적도의 명품은 멋진 소나무라 해도 손색이 없을 것 같다. 보면 볼수록 멋지다. 삼림욕장 길에서 만난 '연리지란(連理枝蘭)' 소나무는 보는 이를 감동시킨다. 두 나무의 가지가 서로 맞닿아서 결이 서로 통하는 것을 '연리지' 라 하는데, 두 뿌리의 나무가 중간 가지에서 하나로 만나 같은 양분을 먹고 자라고 있다. 애절한 사랑을 표현할 때나 금실 좋은 부부, 형제자매간의 우애가 좋을 때 이 '연리지란' 을 인용한다.

삼림욕장이 끝나는 지점에서 안내 차량을 만났다. 섬이지만 농사를 짓는 마을 회룡동을 지나 능동자갈마당로 향했다. **능동자갈마당**은 지명처럼 자갈투성인 바닷가였다. 바닷가 입구에 마을 노인이 쌓아 놓은 돌탑이 볼거리를 제공했다. 크고 작은 자갈과 기암절벽이 이전의 해변과 달랐다. 초입에 한 아름이 넘는 해당화 한 그루가 임을 그리워하는 듯 바다를 바라보고 있었다. 걷기는 불편해도 특이한 해변이 인상적이다. 사진 몇 장으로 기념이 될지 모르겠다.

덕적도(德積島)가 큰 덕을 쌓은 섬으로 이해했는데, 우리말로 큰물이 깊은 곳이라는 뜻으로 덕적이란 이름이 붙여졌단다. 주민은 1,900여 명이지만 농어촌이어서 자급자족하고 남을 정도로 물자가 풍부하다고 한다. 식수도 산에서 내려오는 약수라 바로 먹을 수 있는데, 육지에서 놀러오는 여행객들은 물을 몽땅 싸 짊어지고 온다. 여행객들이 섬에서 소비를 많이 해 줘야 주민에게 도움이 되는데 방문객은 많아도 주민들에게는 큰 도움이 되지 않는다며 안내인은 무척 안타까워했다.

안내하는 '씨 사이드' 의 안주인 임영표 님은 부녀회장을 5년이나 했고, 지금은 자원봉사센터 소장을 하고 있어서 덕적도에 대해 많은 것을 알고 있어 큰 도움이 되었다.

비조봉(飛鳥峰)을 향해 섬을 한 바퀴 돌아 나와 숙소에 도착했다. 새벽 5시부터 움직여서인지 하루가 무척 길게 느껴진다. 아직도 해가 지려면 멀었다. 숙소에서 개떡을 쪄서 간식으로 먹고 덕적도의 대표적 명소로 알려진 비조봉을 향해 출발했다.

섬마을식당 옆으로 올라가니 마을의 수호신과 같은 아름드리 은행나무가 우뚝 서 있다. 바로 위쪽에 있는 덕적도 성당 앞을 지나 올라가는데 텃밭을 가꾸는 어르신들과 민션들이 보인다. 깨끗해 보이는 조립식 건물은 대부분 민션으로 보면 된다. 그곳에서는 민박펜션을 민션이라 부르고 있었다.

이정표 앞에서 231m의 운주봉으로 갈 것인지, 292m의 비조봉으로 갈 것인지 의논하다가 그래도 유명한 비조봉으로 가는 게 낫겠다는 의견 일치에 따라 발걸음을 옮겼다.

오후 6시 넘어서인지 인적이 없고 벌레 소리만 숲 속에 가득하다. 울울창창한 숲을 피부로 느끼며 올라간다. 내리막은 없고 계속 오르기만 하니 모두 헉헉댄다. 이러다 해가 지면 어떡하나, 정상까지 얼마쯤 걸리는지도 모르고 계속 가다가 낭패 볼 수도 있지 않겠느냐는 의견도 나온다. 도중하차하자는 것이다. 조금만 가면 하늘이 보이고 곧 바다가 한눈에 보일 것 같아 조금만 더 가자고 하기를 여러 번했다. 시간이 흐를수록 가슴이 콩닥거린다. 무섬증이 밀려온다. 제일 연장자인 내가 겁내면 안 될 것 같아 앞장서 가며 곧 정상이 보일 것 같다는 희망을 주며 올라갔다.

기어이 두 사람이 주저앉고 셋이서 앞장서 가다가 밧줄이 달려 있는 계단을 만났다. 산행을 즐기는 엄마가 가파른 계단이 무섭다고 뒤처진다. 계단만 오르면 정상의 팔각정이 보일 것 같은 예감에 먼저 올라갔지만 정상은 보이지 않고 커다란 바위가 앞을 막는다. 여기까지 왔는데 그냥 갈 수 없다는 생각에 혼자서 곡예하듯 바위 사이를 헤집고 올라갔다. 울창한 숲을 벗어나자 뻥 뚫린 하늘이 보인다. 팔각정이 보일 듯 말 듯하다. 일행이 뒤따라오는 줄 알고 정상이 보인다고 소리쳐 알렸다. 반응이 없다.

혼자서 팔각정에 올랐다. 시원한 바람이 등에 배인 땀을 식혀 준다. 해무에 휩싸인 덕적 군도가 한눈에 들어오는데 비경이다. 혼자 보기가 아깝다. 어디선가 본 듯한 풍광이다. 대마도에서 본 비경이 떠오른다. 팔각정에서 한 바퀴 돌며 아름다운 풍광을 카메라에 담고 있는데 핸드폰이 울린다. 밑에서 기다리고 있으니 어서 내려오란다. 소리쳐 불러도 반응이 없더니 나 혼자만 올라왔던 것이다. 일행이 없다는 생각에 갑자기 무섬증이 온몸을 덮쳐 발걸음이 떨린다.

카메라를 손가방에 넣고 좁은 바위틈을 정신없이 뛰어 내려갔다. 바위와 나무에 손등이 스쳐 껍질이 벗겨졌다. 쓰라림은 무섬증을 밀어내지 못한다. 얼마나 내달렸으면 일행이 기다리고 있는 데까지 오는데 3, 4분 정도밖에 걸리지 않았다.

일행을 만났어도 가슴은 여전히 쿵쾅댔다. 해가 지기 전에 내려가야 한다는 강박관념에 모두들 발걸음이 빨라진다. 올라갈 때는 한 시간 이상 걸렸지만 내려갈 때는 2, 30분이면 된다고 안심시켰다. 과연 그랬다. 마을이 내려다보이자 모두 안도의 숨을 내쉬었다. 내려오는데 30

분도 안 걸렸고 아직도 해가 남아 있다. 도시를 떠나니 하루해가 고무줄처럼 늘어나 이틀을 보낸 것 같다. 팔각정에서 낙조를 봤어야 했는데 아쉬움이 남는다.

바비큐 파티 비조봉에 다녀와 녹초가 되었지만 하루의 하이라이트인 바비큐 파티를 놓칠 수는 없다. 손질이 잘된 정원에 빨간 파라솔이 펼쳐 있고 단정하게 이발한 주목 울타리 너머로 파도가 철썩댄다. 정원을 장식하고 있는 탐스럽고 향이 좋은 하얀 마가렛 무리와 보랏빛이 감도는 수국과 샛노란 나리꽃, 채송화를 닮은 송엽국, 붉은 접시꽃, 이름을 다 헤아릴 수 없는 예쁜 꽃들이 바비큐 파티에 운치를 더해 준다.

옆방 손님이 건네준 바지락과 소라를 불판 위에 놓고 목살과 삼겹살을 굽는다. 인천에서 왔다는 두 부부 팀은 우리에게 삶은 꽃게와 아나고, 미역냉국도 맛보라며 건네줘 지친 심신에 활력을 불어넣어 주었다.

숙소의 안주인은 텃밭에서 상추와 깻잎, 부추와 오이를 따다 먹으라고 후한 인심을 나눠 준다. 텃밭에서 막 뜯어 온 깻잎 향기가 진하다. 싱싱한 상추에 맛보라고 준 단맛 나는 보랏빛 양파가 입맛을 돋운다.

총총하게 빛나는 별들이 고요 속에 잠들고 있는 덕적도의 밤을 내려다보며 작별의 손짓을 한다. 포식하고 나면 만사가 귀찮아지는 법이다. 서둘러 설거지 거리를 가지고 뒤뜰로 가서 씻어들고 2층 방으로 먼저 들어갔다. 다섯 명의 엄마들이 차례로 씻으려면 시간이 많이 걸릴 것이다.

앞뒤 창문을 열어 놓으니 바람이 상통하여 시원하다 못해 춥기까지

하다. 모기향을 피워 놓고 철썩이는 파도 소리를 들으며 모두 꿈나라로 날아간다.

소야도(蘇爺島)는 덕적도 남단에서 동남쪽으로 약 0.5㎞ 떨어진 섬으로 신라 660년(태종무열왕 7)에 나당연합군 편성을 위해 당나라 소씨노인(蘇爺) 소정방이 대군을 이끌고 정박했다 하여 '소야도' 라 한다.

가족을 떠나 덕적도까지 날아온 엄마들은 노곤한 하룻밤을 자고 느긋하게 일어나 아침을 챙기려는데, 주인집에서 간밤에 토종닭을 잡아 장작불에 닭죽을 쑤었다며 퍼다 먹으란다. 아침은 입맛이 없는데 잘됐다 싶어 냄비에 한가득 담아와 데워 맛있게 먹었다.

소야도로 가는 배를 타려면 서둘러야 했다. 숙소에서 선착장까지는 멀지 않지만 배 시간이 불확실해서 미리 대비해야 한다. 도우선착장에 도착하니 인천에서 막 도착한 커다란 배가 많은 여행객을 쏟아 놓고 있는 중이었다. 그 옆에 작은 배가 눈에 띄어 자주 있지 않은 소야도행 배를 놓칠까 봐 먼저 가서 붙잡아 놓을 심산으로 달렸다. 배 삯을 1,500원씩 내고 다섯 명이 무사히 잘 탔다.

소야도가 코앞인데 배를 타야 한다. 덕적도 선착장에서 5분 거리다. 타자마자 내릴 준비를 하게 된다. 소야도 주민 두어 명, 낚시꾼 몇 명과 우리 일행이 손님의 전부다. 소박함이 느껴져 모든 것이 정겹다.

마을버스가 소야선착장 입구에서 기다리고 있다. 먼저 소야도를 한 바퀴 돌아야 할 것 같아 한 대뿐인 미니버스에 올라탔다. 승객은 타 손님 두 분과 우리 일행 다섯 명 모두 7명이다. 구불구불한 좁은 도로를 몇 분 달리나 했더니 두 분 손님이 먼저 내린다. 졸지에 미니버스는 우리들의 전세버스가 되었다. 젊은 운전기사 아저씨가 가이드가 돼 친절하게 안내해 준다.

운전기사는 우리를 소야출장소와 보건진료소, 경로당이 있는 곳에 내려 주고 11시 40분까지 오라며 약속 시간을 잡아 준다. 그곳에서 15분 거리에 바닷물이 갈라져 모세의 기적을 보여 주는 곳이 있다 해서 목바위 쪽으로 향했다. 마침 썰물 때여서 모세의 기적을 볼 수 있지 않을까 기대했다.

모래보다 굴이 닥지닥지 붙은 돌들이 많았다. 물이 빠진 곳에 기암괴석이 마치 예술 작품을 모아 놓은 듯하다. 물이 빠진 곳은 건넜으나 아직 덜 빠진 곳에서는 망설여졌다. 신발을 벗고 건너면 될 것 같았으나 인적이 없어 겁도 나고 버스 기사와의 약속 시간도 있고 해서 바닥이 드러나고 있는 곳만 물끄러미 바라보다가 발길을 돌렸다. 시간이 넉넉했더라면 모험을 감수했을 텐데 다음에 다시 올 것을 기약할 수밖에 없었다.

버스가 약속 시간에 나타났다. 감사한 마음으로 올라탔다. 소야도에서 유명한 **떼뿌리해변**으로 간단다. 그곳에 가면 조개도 캘 수 있고 죽노골로 연결된 등산로가 있다며 다녀오란다. 1시 40분까지 와 있으면 버스를 탈 수 있다고 친절히 안내해 준다. 덕적도로 가는 2시 배를 타려면 약속한 시간에 버스를 꼭 타야 한다.

이름도 희한한 **떼뿌리해수욕장**에서 내렸다. 샤워장, 화장실, 넓은 잔디밭이 해변을 바라보고 있다. 소나무 그늘 아래 통나무 원두막 몇 개가 있어 한곳에 가서 자리를 폈다. 가지고 간 간식과 커피를 마시며 해변을 바라보니 바지락 캐는 주민들이 눈에 들어온다.

농촌이나 어촌이나 주민 대부분은 연세가 많은 분들 뿐이다. 허리가 90도로 꺾인 할머니가 호미를 들고 모래사장을 가로질러 가는 것을 보며 저분들이 돌아가시면 누가 바다로 나갈까 생각에 잠겨 본다.

시원한 바닷바람을 맞으며 떼뿌리해수욕장에서 망중한을 보내다 버스기사가 알려 준 산책로를 찾아 나섰다. 바닷가 모래사장으로 내려가서 보니 좁은 산길이 보인다. 경사가 완만하여 산책하기에 안성맞춤이다. 덕적도 비조봉에 올라갈 때는 무척 힘이 들었는데 이곳은 걷기가 좋다며 이구동성으로 말한다. 야생 더덕 냄새가 코를 찌른다. 숲 향기가 코끝을 스치고 지나간다. 심호흡하며 자연 속에 몸을 맡긴다. 산책로의 끝이 보인다. 죽노골이다. 물이 빠져서 그렇지 밀물 때는 산 아래까지 바닷물이 넘실댈 것 같다.

사람 하나 없는 죽노골에서 몇 발짝 걸어 보고 다시 오던 길로 올라섰다. 한적한 산책로를 여유 있게 걸어서 약속 시간에 맞춰 나왔다. 우리의 전세버스가 보인다. 버스비는 1,000원씩이었지만 운전기사분이 하도 고마워서 음료수 값이나 하라고 감사 표시를 하니 받을 수 없다며 도로 준다. 돈을 건넨 손이 부끄러워 감사한 마음만 전했다.

친절한 버스기사 덕분에 소야도에서 즐거운 한때를 보내고 2시 배를 타기 위해 소야도선착장에 도착했다. 조용하고 한적한 소야도가 맘에 든다며 하룻밤을 더 자고 갔으면 좋겠단다.

한 엄마가 각자 남편에게 문자를 날려 허락을 받자고 제안한다. 실천

하지도 않을 거면서 실없이 속을 보이는 것 같아 내키지 않았지만, 남편 사랑을 확인하자는 통에 문자를 보냈다. 답장이 제일 멋있게 오는 사람이 점심을 차리기로 했다. 배가 덕적도에 도착할 때 모두 답장을 받았다. 남편들은 아내 사랑을 확인해 주며 모두 흔쾌히 허락했지만, 우리는 계획대로 4시 반 대부도행 배를 타기로 했다.

자유의 날개를 달고 떠나온 1박 2일 동안, 우선 날씨가 부조를 해 줘 화창했고, 잠시나마 자연인으로 돌아가 자유의 날갯짓을 해 본 소중하고 값진 여행이었다.

후각의 고마움

우리 몸의 구조는 아주 복잡하고 하는 일도 많다. 속속들이 들여다보면 기능의 오묘함에 인체의 신비를 느끼게 된다. 육안으로 보이는 머리, 몸통, 팔다리, 이목구비의 기능만을 관찰하더라도 어쩜 그렇게 세밀하게 창조되었는지 신비감은 더해 간다.

수많은 세포조직과 미세한 신경의 기능이 순조롭게 움직일 때 우리는 건강하다고 말한다. 그중 하나만 이상해도 불편을 느끼게 된다. 사람은 건강을 잃어 봐야 건강의 소중함을 깨닫는다. 그래서 건강할 때 건강을 지키라는 말을 자주 한다.

성장통을 동반한 감기를 앓은 지 한 달째, 연중행사처럼 주기적으로 찾아오는 성장통으로 인해 인생을 되돌아보는 시간을 갖는다. 무감각 상태로 누워서 이런저런 생각을 하면서 글감도 구상하고, 미래도 설계해 보고 지난날을 되돌아보면서 건강할 때는 몰랐던 사소한 것에까지 감사한 일을 찾는다.

유독 후각에 예민했던 관계로 참 까다롭게 살았다. 세 아이를 키우면서 대소변을 치울 때는 숨을 오래 참기 해서 냄새를 피했고, 아이가 토한 우유 냄새며, 시골길에서 만난 똥거름 냄새가 싫어 코를 싸매던지 숨 참는 연습을 많이 했다.

그런데 오랜 감기로 코에 문제가 생겨 냄새를 맡을 수 없었다. 지금까지 냄새를 맡지 못해 불편한 적은 없었는데, 주방에서 반찬을 만들어도 냄새를 맡을 수 없고 밥이 타는 냄새가 진동해도 까맣게 모르고 다른 일만 하다가 식구들이 놀라 뛰쳐나오게 하고, 찌개가 흘러 넘쳐 타거나 삶는 빨래가 넘쳐나도 냄새를 맡지 못하니 여간 답답한 게 아니다. 이대로 영영 후각의 기능이 마비된다면 어쩌나 싶으니 두려움이 앞선다.

냄새가 그립다. 논밭에 뿌려진 분뇨 냄새도 좋고, 아이가 우유 먹고 토한 냄새라도 좋으니 맡을 수 있다면 그 어떤 냄새라도 감사하게 받아들이겠다. 역겨워 피했던 냄새들까지 그립다. 시궁창 냄새, 변비로 묵은똥을 눕던 아이들의 지독했던 구린내, 삭힌 홍어며 생선 비린내, 김치찌개, 된장찌개, 청국장찌개 냄새라도 좋고, 아가의 살 냄새, 엄마의 젖비린내, 사랑의 달콤한 냄새, 동양란에서 뿜어 나오는 향긋한 냄새 등 온갖 냄새가 다 그리워진다.

냄새가 싫어서 해 먹지 않았던 음식들이 시위하듯 머릿속에 진열된다. 청국장, 된장, 생선찌개, 생선 찐 냄새, 젓갈 등 비린내도 좋으니 후각 기능이 되살아나는 느낌이라도 받았으면 좋겠다고 생각하며 간절히 바랐다.

그러던 어느 날부터인가 나도 모르는 사이에 냄새라는 것이 느껴지기 시작했다. 입덧할 때 밥 냄새가 역겨워 밥을 해 놓고 안방으로 숨어 버리곤 했던 밥 냄새가 구수하게 코를 관통했다. 냄새난다고 먹지 않았던 황석어젓갈 냄새, 갈아 놓은 마늘 냄새, 냉장고에서 나는 냄새, 쓰레기통에서 나는 역겨운 냄새까지 맡을 수 있게 되니 반갑고 새삼 후각의 고마움을 느꼈다.

　후각의 기능이 점차로 회복되었다. 냄새를 맡을 수 없다는 것이 그렇게 불편한 줄 몰랐다. 앞으로는 그 어떤 냄새라도 고마운 마음으로 맡는 연습을 해야겠다. 새삼 육신이 멀쩡하고 오감을 느낄 수 있음에 감사하면서……

아버지의 흔적

아버지가 떠나신 지 2년이 되어 간다. 지금도 사망이나 부고를 접하면 아버지가 생각나고, 좀 더 잘해 드리지 못한 아쉬움에 가슴이 미어지듯 아파 온다. 아버지는 어쩌자고 그 많은 정을 남기고 떠나셨을까.

집안 곳곳에 아버지의 흔적이 남아 있다. 위염에 좋다고 사 주신 대형 꿀병이 아버지를 그립게 만들고, 시골에 갔을 때 손수 싸 주셨던 고추장이며 예쁜 그릇과 애들 입히라고 사 주신 시원한 모시메리 메리야스가 아직도 포장을 뜯지 않은 채 있다. 장례식장에 참석하지 않았으면 아버지가 돌아가셨다는 사실이 믿기지 않았을 것이다.

딸아이와 가끔 아버지 얘기를 주고받는데 딸아이가 먼저 변산반도로 수학여행 갔을 때의 얘기를 꺼낸다. 수학여행단이 격포 채석강에 도착했을 때 외할아버지가 음료수 두 박스를 앞에 놓고 기다리고 계시더란다. 뜻하지 않은 곳에서 만나니 그렇게 반가울 수가 없었단다. 자주 뵙는 외할아버지는 오랜만에 만난 것처럼 몹시 기뻐하셨고 담임선생님과 인사한 뒤 음료수를 선물하셨단다. 친구들은 음료수를 마시며 딸아이를 무척 부러워했고 딸아이의 기분도 최고였다며 그때 일을 추억한다.

그러고 보니 나에게도 비슷한 추억이 있다. 화요문학 동인들과 채석강으로 문학 기행 가는 중에 부안에 들렀을 때, 아버지는 준비한 맞춤떡과 음료수를 박스째로 차 안에 넣어 줘 동인들에게 강한 인상을 남기셨다. 가끔 동인들이 그때 먹었던 찰떡이 맛있었다며 추억을 상기시킨다.

아버지는 우리 세 아이에게 부르는 호칭이 달랐다. 딸아이는 박 박사, 큰아들은 박 장군, 막내는 큰사람이 될 거라며 덕담을 해 주시곤 했다. 그래서인지 애들도 외할아버지가 불러 주시는 대로 되려고 노력하는 게 보인다.

어찌 우리 애들에게만 그랬겠는가. 친손자한테도 아버지 뒤를 이어 서울대 가라고 격려를 해 주셨다. 아버지의 바람대로 손자가 서울대에 들어갔건만 아버지는 그 기쁨을 누리지 못하셨다. 아버지가 살아 계셨더라면 경주김씨 종친회에 한 턱을 쓰며 어깨춤이라도 추셨을 것인데 가슴이 짠하게 아파 온다.

좋은 일이나 속상한 일이 생기면 아버지 생각에 울적해진다. 좋은 일에는 함께 기뻐하고 걱정이라도 생기면 위로를 잊지 않으시던 아버지다. 아버지가 안 계시니 이젠 어디다 맘 놓고 하소연할 곳이 없다.

아버지가 떠나면서 남은 복을 어머니에게 다 넘겨주셨나 보다. 어머니가 아버지 몫까지 다 누리고 사신다. 자식들이 아버지에게 해 드리지 못한 몫까지 다해 어머니를 챙기기 때문이다. 편안하게 지내는 어머니를 보면 아버지 생각에 그리움이 사무친다.

아직도 아버지의 흔적이 여기저기 남아 있어 보고 싶어도 볼 수 없다는 것만 빼면 마음속에 살아 계시는데 왜 그리 가슴이 뻐근해 오는지 모르겠다. 살아가면서 한번쯤 겪어야 할 아픔인데 아직도 받아들이기가 힘들다. 이별 연습이 더 필요한가 보다.

배추 줍기

시골로 내려가는 날, 아침부터 하늘이 새까맣게 되어 어두컴컴한 저녁 같다. 한낮이면 대낮처럼 밝아야 하는데 시골에 도착할 때까지 하늘이 내려앉은 것처럼 어둑했고, 강풍까지 불어 지구에 이변이 일어나지 않을까 하는 불안감이 엄습해 왔다.

지구촌 곳곳에서 기후의 대이변으로 폭설이 내리고 물난리가 나고 계속되는 강진으로 많은 사람들이 고통의 나날을 보내고 있다는 소식이 이어지고 있는 마당이어서 불안감을 부채질했다.

하지만 지구는 여전히 변함없이 돌아가고 사람들은 각자 할 일을 하며 움직였다. 부안읍내 시장에 들러 생합과 굴, 바지락, 갈치, 자연산 광어회를 떠 가지고 시댁으로 향했다.

언제나 그렇듯 어머니는 편찮으신데도 대문 앞에 나와 쪼그리고 앉아서 학처럼 목을 길게 빼고 이제나저제나 아들 차가 나타나기를 기다리고 계셨다. 명절 쇠러 오셨다가 내려가신 지 보름 조금 넘었을 뿐인데 어머니는 만난 지 아주 오래된 듯 얼싸안으며 반가워하신다. 아들의 얼굴을 보자 금세 목소리에 힘이 실린다.

강풍이 앙상한 나뭇가지를 흔들어 댄다. 손가락만큼 자란 파릇한 마늘잎이 너울대며 춤을 춘다. 바람 소리가 한기를 느끼게 한다. 봄을 시샘하는 추위가 춘분을 무색케 한다.

남편이 어머니를 모시고 병원에 간 사이 난 장보따리를 풀어 늦은 점심을 준비해 놓고 텃밭에 가서 시금치를 캐고 파를 뽑았다. 추운 날씨와 관계없이 뿌연 들판과 변산 줄기를 바라보며 모처럼 느긋하게 여유를 부려 본다.

점심과 저녁 중간에 식사를 하고 산소에 갈 준비를 했다. 돗자리, 소주, 횟감을 챙겨 산으로 가는데 강풍 스치는 소리가 피부 깊숙이 파고든다.

스산함을 가득 안고 밭 사이로 걷는데 뿌연 하늘과 온몸이 오그라들게 하는 강풍과 태곳적 고요가 거대 동물인 공룡들이 사라지게 한 빙하기를 연상시킨다. 너른 밭에는 지난가을 도시로 실려 가지 못한 낙오된 배추들이 누렇게 변한 옷을 입고 곳곳에 있는데 마치 타원형의 공룡알들이 서 있는 것처럼 보인다.

성묘를 마치고 돌아오면서 공룡 알 모양의 배추를 발로 툭 찼더니 새하얀 속살이 드러났다. 넘어진 배추를 손에 들고 겉잎을 뜯어냈더니 속이 아주 단단하고 싱싱했다. 또 다른 배추도 발로 차 봤다. 역시 싱싱했다. 아까워 두 손에 하나씩 들고 또 없나 살피는데 앞서 가는 남편이 추운데 뭐하냐며 빨리 오라고 재촉한다.

배추 두 포기를 안고 집에 와서 어머니한테 보여드렸더니 어디서 그렇게 좋은 배추를 주웠냐며 반가워하셨다. 배추를 좋아하는 어머니는 옆집 아짐이 준 배추를 고추장에 찍어 아주 맛있게 잡수셨단다. 그렇지 않아도 밭에 흩어져 있던 배추가 아른거렸는데 어머니 말씀에 큰 힘을 얻어 다음 날 아침 일찍 가서 줍자고 남편에게 제의했다. 싫어할 줄 알았는데 순순히 응해 주니 마음이 편했다.

다음 날 아침, 밥숟가락 놓기가 바쁘게 장비를 챙겨들고 산소가 있는 밭으로 향했다. 어머니는 10분만 줍다 오라고 하셨다. 늦으면 상경길이 막혀 고생할 것을 걱정하신 것이다.

황량한 밭에 도착한 우리 부부는 배추 줍기를 했다. 공룡 알 모양의 배추가 모두 싱싱한 것은 아니었다. 어느 것은 썩어서 거름이 되고 어느 것은 반절만 썩고, 또 어느 것은 물러서 먹을 수 없었다. 발로 툭툭 차서 단단해 보이면 칼로 도려내 겉잎을 뜯어 본다. 대부분 깨끗한 속살이 드러난다.

그 너른 밭을 둘이서 돌며 괜찮은 배추만 주워 마대에 담았다. 시간 가는 줄 모르고 배추 줍는 재미에 빠졌다. 금세 두 포대가 찼다. 서로 "이제 가자." 하면서도 싱싱한 배추를 찾느라고 공룡 알 모양의 배추에서 눈을 떼지 못했다.

뿌옇던 하늘이 개면서 햇빛이 쏟아졌다. 눈이 부셨다. 땅만 쳐다보다가 하늘을 보니 침침하니 잘 보이지 않을 만큼 몰두했다. 밭에서 나오다 아래 밭으로 들어가 봤다. 그곳에는 더 큰 공룡 알들이 무더기로 있었다. 상품성 있는 것만 골라 팔고 나머지는 방치해 두었던 배추가 폭설과 추위 속에서도 생명을 지탱하고 있었다. 무더기로 있어서 홀로 있는 배추보다 더 알차고 싱싱했다. 폭설이 보호막이 되고 저희끼리 서로 의지가 된 모양이었다.

우리는 밭을 돌며 더 실하고 큰 배추만 골라 네 개의 장바구니에 가득 담았다. 더 줍고 싶은 마음을 시간이 재촉했다. 10분만 하던 게 벌써 한 시간 넘게 배추를 줍고 있었던 것이다. 부창부수라더니 배추를 주워 주거니 받거니 하며 즐거운 시간을 보내고 집에 왔더니 어머니가 애타게 기다리고 계셨다.

우리가 행복해하며 주워 온 배추를 시골 큰시누이, 친정어머니, 친인척들에게 나눠 주고도 남아 집으로 가져왔다. 알찬 배추를 지기들에게 몇 포기씩 선물했더니 모두 맛있게 잘 먹었다고 고마워했다.

비 온 뒤의 땅이 단단해지고, 산전수전 겪은 인생이 더 값지듯 모진 비바람과 추위를 견뎌 온 배추는 어느 배추보다도 달고 맛있었다.

처음 담가 본 김치가 맛있다니 기분이 좋다. 배추 전골, 배추 된장찌개도 맛있단다. 추위를 무릅쓰고 주워 온 보람이 있었다. 귀하고 비싼 배추인 줄 모르고 줍는 재미로 가져왔던 것인데 모두 행복해하니 덩달아 우리도 행복했다.

인생의 동반자

삼복더위에 산길로 들어선다. 완만한 경사지만 오랜만에 올라가는 길이어서 다리가 뻑뻑하다. 우리가 선 한번 보고 달포 만에 결혼했을 때만큼이나 힘이 든다. 앞서 가던 남편이 손을 내밀지만 아직은 잡을 때가 아니어서 혼자 버티며 올라간다.

동네 할머니들이 모여 놀며 운동하는 곳까지 올라와 깊은 숨을 몰아쉰다. 결혼하여 17평 아파트에서 한 살 아래인 시동생과 여섯 살 아래인 시누이와 함께 살 때 아무리 더워도 방문 한번 열지 못하고 답답하게 6년을 살았다.

그 시절 서른이면 만혼으로 쳤다. 서로 다른 환경에서 자란 모난 성격의 남녀가 얼굴도 익히기 전에 결혼을 했으니 어찌 부딪치지 않을 수 있겠는가. 두 아이 낳고 살면서 뾰족한 성격들이 닳아지기 시작한 것은 10여 년의 생활이 흐른 뒤였을까.

운동기구가 있던 평평한 곳에서 다시 가파른 계단을 올라간다. 한 달

사이에 녹음이 짙게 드리운 숲이 한낮인데도 어둑해 보인다. 동사무소에서 심고 가꾼 맥문동이 보랏빛 꽃을 선보이며 산길 계단을 장식하고 있다. 칡덩굴과 덩굴손들이 아름드리나무에 달라붙어 올라가고 있는 게 보인다. 나도 저들처럼 남편에게 매달려 살아온 것은 아니었을까.

두 아이와 시름하며 만학한 뒤 정체성에 의문을 가지고 자문할 때마다 남편은 밖에 나가 몇 백만 원을 받는 전문 여성보다 더 값진 일을 하고 있다며 집안에서 아이들 잘 키우고 살림하는 것을 높이 평가했다. 나의 가치를 한껏 높여 줘 고마웠다.

산등성이를 올라간다. 어느새 뻑뻑했던 다리가 기름칠한 듯 풀려 부드러워졌다. 인생의 중턱에 오기까지 승강기를 타지 않고 계단으로 한발 한발 올라갔는데 비교적 순탄했다.

양식과 부식을 시골에서 갖다 먹으며 공무원인 남편이 가져다 준 월급으로 주택청약예금 들고 보험적금 들며 검소하게 살았다. 잘살겠다는 욕심도 없이 비좁은 집을 조금 넓혀가겠다는 소망뿐이었다.

국가정책의 하나로 수도권에 신도시 몇 개가 들어설 때, 평촌신도시도 개발되었다. 200만 원짜리 청약통장을 가지고 32평짜리 아파트를 분양받고자 했지만 수요자의 경쟁이 심해 번번이 떨어졌다. 한데 뜻하지도 않게 청약제도가 바뀌어 증액해서 큰 평수를 신청할 수 있게 해 주더니 한발 더 나가 주택채권에다 이자를 높게 쳐주는 선약금 제도가 생겼다. 조건이 맞아떨어져 38평을 분양받았다. 놀랍게도 아파트 중도금은 적금 만기와 딱딱 맞아떨어져 빚 없이 입주했다. 아이들도 병원에 한번 가지 않고 건강하게 잘 자라 주었다. 만사가 형통한다는 말을

실감했다.

　관악산자락을 타고 올라간다. 순조롭던 길이 가파르다. 우리네 인생과 닮았다. 이끼 낀 바위 위로 올라가며 나무에 의지한다. 남편이 손을 내밀어 힘 있게 잡아당겨 준다. 땀이 비 오듯 한다. 땀이 눈 속으로 들어가 눈을 뜰 수가 없다. 남편이 손수건으로 땀을 닦아 주고 물병을 내밀며 한 모금 마시라 한다. 시원한 물을 한 모금 입에 물고 헹구어 낸다.

　굽이굽이 산 고개를 넘어간다. 내리막길과 가파른 길을 번갈아 가며 오르고 올라 정상에 도달한다. 시어머니의 성화에 못 이겨 불혹의 나이에 늦둥이 낳고 훗날 시어머니를 모시려면 큰 집이 필요하겠다 싶어 청약통장을 만들었다. 아파트 분양 받은 지 10여 년 만에 1순위 청약통장을 마지막으로 사용하여 아파트 평수를 곱절로 넓혀 갔다. 필요에 의해서 넓혀갔을 뿐인데 집값이 몇 곱절로 뛰었다.

　인생의 동반자와 능선 꼭대기에 섰다. 애썼다며 바람이 젖은 땀을 식혀 주고 달아난다. 안양예술공원과 연불암이 한눈에 보이고 삼성산과 수리산, 평촌을 지나 멀리 모락산까지 돌아가며 감상한다. 가슴 후련함이 전신을 훑고 내려간다. 그 기분을 만끽하기 위해 산에 오른다. 인생의 정상에 오르면 그런 기분일런가.

　너럭바위에 앉아 집에서 가져간 뜨거운 물로 커피를 타 마시고 과일을 먹으며 인생의 중턱에 오르기까지 다사다난했던 지난날을 추억한다. 세 아이의 장래가 어떻게 펼쳐질 것인가 청사진도 그려 보며 무탈하게 살아온 날을 감사한다. 가끔 이렇게 인생의 동반자와 동행을 하면 마음이 편안하고 행복하다.

황혼이 깃든 석양이 아름답다. 산중턱에 걸터앉은 석양처럼 우리도 인생을 아름답게 장식하자고 다짐하며 산 아래를 내려다본다. 이제는 내려가야 할 길이다. 인생의 내리막길도 오르막보다 쉽지는 않을 것이다. 넘어지지 않도록 조심하면서 동반자의 손을 잡고 천천히 내려온다.

이젠 벗어나고 싶다

동인들과 함께 승용차를 타고 가는 중이었다. 오랜 지기인 후배가 눈앞에 보이는 횡단보도를 보며 말한다.

"선배님, 차에서 내려 선 밖으로 걸어가는 저 사람들을 선 앞으로 밀어 넣고 싶지요?"

어찌 내 생각을 그렇게 잘 읽었을꼬. 정곡을 찌르는 말에 빙긋 웃고 말았지만 내 모습이 그렇게 비쳐졌나 싶으니 자신을 돌아보게 된다.

그랬다. 지금까지 그렇게 내 안에 도덕과 양심이라는 명분을 앞세워 내 식의 잣대와 저울을 안고 살아왔다. 길을 가다가 쓰레기가 있으면 주워야 하고, 승강기 안이 지저분하면 걸레로 닦아야 마음이 편하고, 신호등을 잘 지키다 못해 횡단보도 선 밖으로 나가는 일은 없을뿐더러, 누가 보든 말든 하지 말라는 일은 절대 하지 못한다. 그러다 보니 도덕 선생이란 별명도 얻고 빈틈이 없고 정확하다는 소리를 들어왔다.

그런데 내 안의 잣대가 녹이 슬고 있나 보다. 청소년들이 몰려다니며 담배를 피우거나 패싸움 하는 것을 보고도 무서워 돌아가고, 어른으로서 바른말을 해야 할 시점에서 망설이고, 말썽의 소지가 있으면 피하고 싶은 마음이 먼저 생긴다. 우리 사회에 도덕 선생이 많아야 건전하고 명랑한 사회가 된다는데 나부터 도덕 선생에서 벗어나고 싶은 것이다.

작품집을 출간할 때마다 여러 선생님들과 문예지 등에 발송하곤 했다. 그러면 축하도 많이 받지만 유혹의 손길도 뻗쳐 온다. 광고 부탁이며 무슨무슨 문학상을 타지 않겠느냐는 전화를 받을 땐 솔직히 마음이 흔들린다. 무슨 상을 주겠다는 게 아니라, 타지 않겠느냐고 물을 땐 조건이 따르기 마련이다. 처음엔 용기 있게 과감히 거절했는데 거듭되는 전화엔 망설이며 갈등하게 된다. 이름만 대면 알 수 있는 문학상일 경우는 마음의 저울이 한쪽으로 쏠린다. 자존심상 남에게는 알리지 못하고 남편과 딸에게 이런 전화가 왔는데 어떻게 생각하느냐고 물으면 한결같이 나답지 않다느니 엄마답지 않다느니 하며 타박이 심하다. 도대체 나다운 게 뭐고, 엄마다운 것은 뭔가?

특히 딸아이의 공박은 저의 아빠보다 심하여 엄마답지 않다는 말을 입에 달고 산다. 엄마다운 게 뭐냐고 물었더니, 엄마는 다른 엄마들과 다르며 또 달라야 한단다. 글 쓰는 작가이기 때문에 남보다 더 많은 독서를 해야 하고, 책도 더 많이 사 봐야 하며, 이웃 엄마들처럼 몰려다니며 수다 떨어도 안 되고, 음식을 먹을 때 소리 내지 말고, 트림도 하지 말며 우아하게 먹으란다. 한마디로 고상하게 살라고 주문한다.

아이들은 어렸을 때부터 엄마가 항상 뭔가 하고 있는 걸 보아 왔다. 늦깎이 대학 공부를 하고, 책을 읽고, 글을 쓰고, 한자 공부를 하며 집안 대소사를 계획하고 실천하며 끊임없이 움직였던 것이다. 좀 놀면 어떻다고 자신과 가족들이 노는 꼴을 보지 못하고 달달 볶아 댔다. 놀아 보지 않아 노는 재미를 모르는 것이다.

김정운의 『노는 만큼 성공한다』를 보면, 돈을 많이 벌고 명예를 얻는 것보다 놀 줄 아는 사람이 행복하다 했는데, 난 행복한 사람 축에 못 끼는 것인가.

인간 수명이 길어져 구십구 세까지 팔팔하게 살면서 하루, 이틀 앓다가 삼일 만에 떠난다는 9988123 하려면 놀 줄 알아야 하는데 그게 안 된다. 뭔가를 하지 않으면 숙제를 안 하거나, 시험공부를 안 한 것처럼 마음이 불편하여 늘 종종거리며 살게 된다.

집안은 매일이 그날처럼 깨끗하게 정돈되어 있어야 하고, 물건을 쓰고 나면 제자리에 놓아야 하며 약속은 항상 5분 전에 도착해야 하는 것이다. 규칙이나 규범은 지키라고 있으니 꼭 지켜야 된다는 틀에서 벗어나질 못하는 성질 때문에 함께 사는 가족은 노상 피곤하다.

농담을 하면 진담으로 대답하고, 돌아갈 줄 모르고 오로지 일직선을 향해 걸으며 '정직, 성실, 작은 일에도 최선을 다하자.' 라는 가훈을 앞세워 가족들조차 투명하게 살기를 바랐다. 융통성이 없이 꽉 막힌 듯 살았으니 막 자라는 아이들이나 가족들이 얼마나 숨통이 막히고 답답했을까.

이젠 그 틀에서 벗어나고 싶다. 스스로 옭아맸던 굴레에서 해방되고 싶다. 나다운 것이 무엇이며 엄마다운 게 뭣이기에 이토록 얽매여 사는 것일까. 내 안에 자리 잡은 잣대를 뽑아내고 싶다.

길바닥의 쓰레기를 줍지 않고 지나갈 줄도 알아야겠고, 상식에서 벗어난 남의 행동을 못 견뎌 할 게 아니라, 그럴 수도 있겠구나 하고 이해하도록 노력해야겠으며 도덕적 윤리를 앞세워 안 된다는 생각을 밀어내야겠다. 양심에 때가 묻으면 어떤가. 남에게 해만 끼치지 않으면 되지 않겠는가.

사나흘 동안 눈두덩에 냉온찜질할 일이 있어 누워 지내며 많은 생각을 했다. 지금까지 살아온 날들을 반추하고 앞날을 계획하며 내린 결론은 나다운 것에서 벗어나야겠다는 것이다. 영혼을 자유롭게 하려면 이젠 나만의 틀에서 벗어나야 하리라.

성장통

요즘 아이들은 정보의 홍수 속에 자라서인지 조숙하다. 대부분의 아이들이 초등학교 고학년에서 사춘기를 겪고 성장도 빨라져 쑥쑥 잘도 자란다. 한꺼번에 몇 센티씩 자라는 아이들은 성장통도 심해 성장판이 있는 무릎관절이나 발목이 아프다고 통증을 호소하곤 한다.

사춘기 아이들은 성장통 못지않게 마음의 병도 앓는다. 자신과 심리적인 갈등을 겪느라고 말과 행동이 거칠어지고 욕구불만이 많아 세대차가 있는 부모와 부딪는 경우가 빈번하다.

사춘기 아이들의 뇌가 다르다는 것을 알지 못해 큰아들의 사춘기를 더 힘들게 했다. 부모 말에 무조건 복종하기를 강요하며 말대꾸하는 것을 못 참아 악다구니를 쓰며 아들을 못된 아이, 불량한 아이로 취급하며 온갖 잔소리를 해댔다.

하고 싶은 것도 많고, 갖고 싶은 것도 많은데 마음대로 할 수 없으니 욕구불만으로 웃음기를 잃어버렸던 아이가 어느 날부터인가 고분고분

해졌다. 달라져도 너무 달라져 의심이 갈 정도로 침착해진 것이다.

사춘기 때는 뇌세포의 활동이 일반 뇌세포와 다르다는 것을 진즉 알았더라면 아이와 반목하며 힘들게 보내지는 않았을 것이다. 우연한 기회에 텔레비전을 통해 사춘기 아이들의 방황하는 뇌세포를 보았다. 뇌세포가 갈 곳을 찾지 못하고 이리저리 헤매며 갈등을 겪다가 어느 시점이 되니까 자리를 잡더니 거짓말처럼 차분해지는 것이었다. 그 화면을 보고서야 정말 사춘기가 있다는 것을 알았다. 그동안 엄마라는 이름으로 큰아들에게 상처를 많이 주었으니 참 미안한 일이다.

성장통은 사춘기에만 앓는 게 아니다. 우리가 자라던 시절은 먹고살기 힘들어 사춘기를 느낄 겨를 없이 보냈다. 그래서 나이를 먹어 가면서 성장통을 앓게 되는 것인지 모르겠다.

나는 수시로 성장통을 앓는다. 키가 크기 위한 성장통이 아니라 마음이 커 가고 남을 이해하고 초연해지기 위한 성장통이다.

남에게 싫은 소리를 듣기 싫어하는 성격이라 말 한마디에도 곧잘 상처 받고 밤잠을 설치며 불면에 시달리곤 한다. 내 상식으로 이해되지 않는 상대의 행동이 쉽게 잊히지 않아 몇 날 며칠을 불면에 시달리며 끙끙 앓는다. 감기 몸살까지 동반하게 되면 길게는 한 달 가량을 앓아 눕는다. 병원 약도 소용없다. 시간이 지나야 낫는다.

성장통을 심하게 앓고 나면 마음에서 따뜻한 감정이 썰물 빠지듯 하여 자신도 놀랄 정도로 변한다. 다시는 상처 받지 않으려고 감정을 절제하게 되고 때로는 냉정해지기도 하면서 나이를 먹어 간다.

나에게 찾아오는 성장통은 마음이 더 커야 한다고, 좀 더 큰 아량이 필요하다고, 인생에 좀 더 초연해지라는 주문이다. 지천명이 넘어서도 사춘기 소녀마냥 성장통을 앓으며 인생을 배워 가고 있다.

5. 편지를 태우며

누구에게나 습관은 있기 마련이지만
내게도 아주 오래된 습관이 몇 가지 있다.
일기 쓰기와 금전출납부 쓰기, 편지를 받으면
연월일과 요일을 써 놓는 일은 중학교 때부터 해 온 일이다.
그렇게 해서 쌓인 일기장을 두 번에 걸쳐서 태워 없앴다.
…
묵직했던 마음이 홀가분하다. 인생의 후반을 다시 시작하는 거야.
안 좋았던 과거는 깨끗이 잊어버리고 지난날들을 거울삼아.
밑거름 삼아 좀 더 원숙한 삶을 살도록 해야지……

소꿉친구

　가을엔 유독 사람이 그리워집니다. 잊고 살았던 지기들이 보고파 이름을 불러 봅니다. 순이, 명혜, 월례……. 이미 세상을 떠난 피붙이 생각에 목울대가 아파 오고, 소꿉친구의 안부가 궁금하여 수소문합니다.

　고향 떠나 살아 보니 죽마고우보다 더 좋은 친구가 없다는 걸 뒤늦게 깨달은 것이지요. 수십 년의 공백이 있었음에도 어제 만난 듯 반가운 친구들은 역시 어렸을 때 한 고향에서 자란 소꿉친구이더이다.

홍단풍

길가에 늘어서서 마지막 정열을 불사르고 있는 홍단풍, 서럽도록 선명한 붉은빛에 지나가는 행인들이 감탄사를 던진다. "아, 저 홍단풍 좀봐. 어쩜 저렇게 예쁠까?" 곧 떠나야 할 내 운명을 두고 어찌 사람들은아름답다고만 말하는가.

추억

좋은 것만 추억이 되는 줄 알았더니 미움과 괴로움도 크기에 비례하여 추억을 만들더이다. 그러니 상대가 괴롭히고 상처를 준다고 너무 미워하지 마세요. 세월이 흐른 뒤에 돌이켜 보면 그것도 한 조각의 추억이 되어 미소 짓게 만들 테니까요.

편지를 태우며

누구에게나 습관은 있기 마련이지만 내게도 아주 오래된 습관이 몇 가지 있다. 일기 쓰기와 금전출납부 쓰기, 편지를 받으면 연월일과 요일을 써 놓는 일은 중학교 때부터 해 온 일이다. 그렇게 해서 쌓인 일기장을 두 번에 걸쳐서 태워 없앴다.

사춘기인 십대 때의 일기장은 어머니와 갈등이 적나라하게 적혀 있는 게 싫어 연탄불에 집어넣었고, 결혼 전까지의 일기장은 여동생에게 맡겼더니 우울한 얘기가 많다고 없애 버렸다. 내가 없앤 것은 곧 잊었는데 동생이 없앤 일기장은 내 청춘을 몽땅 잃어버린 것 같아 미련이 있고, 작가 생활을 하고 있는 지금에 와서는 글감의 보고(寶庫)나 다름없던 일기장 생각이 굴뚝같다.

편지도 같은 과정을 겪었지만 모두 없앤 것은 아니다. 남편에게 오해받을 만한 이성 간에 주고받았던 편지만 결혼 전에 불에 태우고, 나머지는 연도별로 묶어 큰 상자에 보관해 왔다. 이사 다니면서도 보물 상자 다루듯 챙겨 장롱 위에 소중히 간직했던 편지함은 오래전에 돌아가신 외할머니를 생각나게 했다.

외할머니는 당신이 돌아가시면 입고 갈 수의를 뚜껑 있는 왕골바구니에 담아 장롱 위에 모셔 놓고 가끔 내게 보이곤 하셨다. 시골에서 살다가 생과부인 외며느리를 따라 서울로 올라왔을 때도 외할머니의 수의함은 명당자리인 장롱 위에서 단칸 셋방을 내려다보며 외할머니를 기다렸다.

외할머니는 삼베로 만든 수의를 하나하나 꺼내어 어떻게 쓰는 것인지 설명을 덧붙이셨지만 20대의 미혼인 내겐 와 닿지는 않았다. 장롱 위의 편지함은 외할머니의 수의함을 연상케 한다.

성인이 된 아이들이 내 편지함을 보고 도대체 그 상자 안에는 뭐가 들었냐며 몹시 궁금해한다. 지금껏 굉장히 소중하다고 생각했던 편지함에는 우리나라 사회 변화상과 내 삶의 흔적이 고스란히 담겨 있다.

어느 날, 어떤 생각을 하며 성장해 왔는지 나의 십대가 궁금하여 상자를 열었다. 1971년도 중학교 2학년 때 서울로 전학 간 친구와 주고받은 편지를 보니 묵은 추억들이 주마등처럼 스쳐 간다. 공부도 잘하고 키도 크고 날씬했던 친구는 엄마를 따라서 서울로 떠났고, 훗날 그 친구가 서울대에 들어갔다는 소식을 들었다.

70년대 말에 상경하여 직장 생활하고 있을 때, 문득 그 친구가 보고 싶었다. 같은 서울 아래에서 살고 있을 거라는 생각, 훌륭한 사람이 되어 사회 어딘가에서 일익을 담당하고 있을 거라는 예상은 친구를 더욱 더 그립게 했다.

설레는 맘으로 고향에 내려가 수소문 끝에 간신히 찾은 친구의 소식은 충격적이었다. 어떤 이유에서인지 정신병원에서 요양 중이라 했다. 간절히 보고픈 마음에 면회 한 번 갔을 뿐인데 친구는 행방을 감추었다. 자존심이 강했던 집안에서 나의 출현이 달갑지 않았던 것일까. 친구의 처지가 알려지는 게 싫었는지도 모르겠다. 가끔 그 친구가 생각난다.

중학교 3학년 때 편지로 인연을 맺게 된 언니와는 지금까지도 소식을 주고받지만, 편지 속의 주인공들이 이 세상에 없는 경우도 많다. 꿈 많던 여고 동창들과 주고받은 편지를 보면 새삼 청운의 꿈이 익어 가는 소리가 들리는 듯하다. 한 치의 앞도 내다볼 수 없었지만 미래에 대한 꿈을 키우던 그 시절이 그래도 아름다웠다.

이십대 초반에 상경하여 객지 생활하며 동생들과 주고받은 편지는 사 남매의 우애가 얼마나 두터웠는지 또 어려운 환경 속에서도 참 건실하게 살아온 흔적이 보인다. 불효하지 말고 우애하며 잘살아 보자고 다짐하며 제 역할에 충실한 결과 그런대로 반듯하게 살아왔구나 싶다.

세월이 더디기만 하던 이십대도, 아이 낳아 양육하던 삼·사십대도 물 흐르듯이 지나고 항상 젊은 줄만 알았던 부모님과 일가친척들이 연로하시어 이미 세상을 떠나기도 하셨다. 이제 사회의 중심에 섰던 자리에서 서서히 물러날 연령에 와 있다.

노후에 묵은 편지을 읽으며 추억하려던 계획을 바꾸었다. 부질없는 짓이고 감흥이 남아 있지 않을 것 같아 망설이다가 과감히 결단을 내렸다. 편지함을 시골로 가져간 것이다.

마침 시어머님이 메주콩을 쑤신다기에 허드레 솥 아궁이에 불쏘시개로 쓰기로 했다. 콩대와 함께 활활 타는 아궁이 속에 나의 청춘 시절을, 삶의 흔적들을 집어넣었다. 나의 십대가 사라지고 이십대의 영글어 가던 꿈이 타들어 갔다. 삼십대의 결혼 적응 시절, 사십대의 인생살이까지 흔적 없이 산화되었다.

묵직했던 마음이 홀가분하다. 인생의 후반을 다시 시작하는 거야. 안 좋았던 과거는 깨끗이 잊어버리고 지난날들을 거울삼아, 밑거름 삼아 좀 더 원숙한 삶을 살도록 해야지…….

그 남자가 망가지고 있다

  어느 누구도 그가 그렇게 되리라고는 생각도 못했다. 중농의 가정에서 오 남매의 막내로 유복하게 자란 그는 잘생기고 공부도 잘해 모범생을 벗어난 적이 없으며 부모에게는 효자여서 인근에서 칭송이 자자했다.

  지방대학 전기과를 우수한 성적으로 졸업한 그는 수도권에 있는 중소기업에 다니며 잔뼈가 굵었다. 손재주가 좋아 어떤 것이라도 그의 손에 닿았다 하면 해결되는 만능 해결사여서 직장에서나 동네에서 인기가 좋았다.

  매사에 근면하고 성실한 그가 결혼하여 집을 사고, 삼 남매를 낳아 행복하게 사는 것은 당연한 것이었다. 본인뿐만 아니라 그의 아내도 행복했고 어린 아이들도 탈 없이 무럭무럭 잘 자라서 그야말로 탄탄대로, 평탄한 삶을 이어갔다.

  인생지사 호사다마라고 했던가. 시골에서 농사를 짓고 호령하며 살던 그의 아버지가 갑자기 쓰러져 시름시름 앓다 돌아가시자 큰아들 내외와 함께 살던 어머니가 형수와 뜻이 맞지 않아 집안에 자주 분란이 일어났다. 큰형은 사업한다고 농토를 하나둘씩 팔아 없애기 시작했고, 일이 꼬일 때마다 어머니는 큰댁과 싸우고 막내아들인 그의 집으로 뛰쳐나오곤 했다.

그의 아내는 그런 시어머니를 불쌍히 여기며 따뜻하게 맞아들여 극진히 모셨다. 시어머니의 막내아들에 대한 사랑이 지나쳐 화목하던 그의 가정에 작은 풍파가 일곤 했지만, 그의 아내는 가정의 평화를 유지하기 위해 애썼다. 제사 지내기를 거부하는 큰댁에서 시아버지 제사까지 모셔다 정성스럽게 지냈다. 그의 아내는 조상 잘 모시면 자손이 잘 된다는 것을 신앙처럼 생각했다.

그의 어머니가 노환으로 중환자실에 오랫동안 누워 있을 때도 그의 아내는 삼 남매를 키우며 병수발을 거뜬히 해냈다. 그는 그런 아내가 고마웠다. 큰형수가 어머니에게 무관심한 게 섭섭하고 야속했지만 아내라도 어머니를 불쌍히 여겨 잘하려고 애쓰는 모습이 그렇게 고마울 수가 없었다.

칠 공주를 둔 장모는 딸들을 아들처럼 가르치고, 가정교육도 잘 시켜 모두 제 앞가림하며 잘살게 만들었다. 아들 하나 없어도 화목하게 잘 지내는 처가가 자랑스러웠다. 손위 동서가 사업을 한다고 보증을 서 달라고 해서 의심 없이 집을 담보로 보증을 서 주기도 했다. 그게 화근이 될 줄은 꿈에도 생각 못했다.

병석에 누웠던 어머니가 세상을 떠나고 마음에 갈피를 잡지 못하고 있는데 사업을 확장해 나가던 동서가 삐걱거리기 시작했다. 엎친 데 덮친 격으로 IMF까지 겹쳐 무너지기 시작하더니 담보로 넣었던 아파트가 남의 손으로 넘어갔다. 졸지에 집을 잃은 그는 아내를 데리고 반지하 셋방을 얻어 나갔다.

IMF는 서민들을 더 궁하게 만들었다. 기업체마다 감원이다 명퇴다 해서 어수선했고, 실업자와 노숙자가 늘기 시작했다. 수도권에 있던 그의 직장에서도 감원 바람이 불었지만 그는 손기술이 좋아 감원 대상에서 제외되는 대신 지방으로 발령이 났다. 오히려 잘됐다 싶어 혼자 지방으로 가서 자취 생활을 했다. 가끔 아내가 세 아이를 데리고 내려와 반찬도 만들어 놓고 빨래도 해 주고 갔다. 그들은 신혼처럼 여행도 하며 처한 현실을 비관하지 않으려고 노력했다.

인내에도 한계가 있는 법인가. 성실한 그가 술과 담배를 입에 대기 시작했다. 혼자 있는 시간이 길수록 술 양이 늘고, 밥 대신 술로 양을 채우는 일이 다반사였다. 아무리 기술이 좋다 해도 성실에서 멀어지고 있는 그를 반길 리 없다.

날만 새면 월급을 제때에 주지 못하는 기업과 도산하는 업체가 늘고 있다는 뉴스가 서민들을 불편하게 만들었다. 그도 별수 없이 IMF 바람을 타고 끈 떨어진 연이 되고 말았다.

지방에서 올라온 그는 술 힘을 빌려 아내를 괴롭히기 시작했다. 다행이라면 세 아이가 불우한 환경 속에서도 착하게 자라며 공부까지 잘해 줘 그의 아내에게 희망을 주었다. 그의 아내는 닥치는 대로 일을 시작했다. 남의 가게 점원으로 일하다가 할인매장으로 옮겨 밤 12시가 넘도록 일하며 삼 남매의 학비를 버느라고 진을 다 뺐다.

그는 아내가 고생하는 모습을 보면 속이 상했다. 동서에게 보증만 서 주지 않았더라면 비참한 생활은 하지 않았을 텐데 생각할수록 화가 났다. 애써 모은 재산을 제대로 한번 써 보지 못하고 남의 손으로 넘어갔다는 사실이 분했다. 그럴수록 술을 찾았다. 술이 그를 마셨다. 자정이 넘어 파지가 되어 돌아온 아내에게 하지 않던 손찌검이 시작되고, 집안에만 들어서면 고래고래 소리를 지르며 살림을 부숴 대는 통에 이웃들이 파출소에 신고하는 일이 빈번했다.

그의 아내는 자신의 고생보다도 아버지의 그런 모습을 자식들이 보고 살아야 한다는 사실이 못 견디게 괴로웠다. 그런다고 해서 이미 없어진 재산이 돌아오는 것도 아닌데 속이 상했다. 언니 부부가 원망스럽지 않은 것은 아니지만 그들도 혹독한 대가를 치르고 있기는 매한가지였다.

남편의 술주정이 심할수록 아내는 더 악착같이 살려고 발버둥 댔다. 몸이 파지가 돼도 바르게 자라고 있는 세 아이가 있잖은가. 아내는 낮엔 도우미로 남의 집에 가서 일하고 밤에는 할인매장 판매원으로 자정까지 일하며 한 푼이라도 모으려고 애썼다.

대학생인 두 아이도 장학금을 받으며 대학에 다니고 막내도 학원 한번 보내지 못했는데 우수한 성적을 유지해 줘 희망을 가지고 살았다. 건강만 하다면 무슨 일인들 못하랴.

50줄이 된 아내는 남편이 술 마신 날은 찜질방에서 자고 일터로 나갔다. 몸이 고장 나기 시작했다. 틈만 나면 병원에 들러 치료받고도 아무일 없었다는 듯 내색하지 않은 것은 남편의 술주정만 아니면 육체적 고통은 감수할 수 있을 것 같아서였다.

정신적 스트레스는 우울증으로 왔다. 사는 게 재미가 없고 웃음을 잃어버린 사람이 돼가는 것을 본 아이들이 아버지 보기를 거부하며 그런 아버지와 왜 사느냐고 반항하기 시작하더니 헤어지라고 성화를 해댔다. 처음엔 아이들의 말이 가당치 않은 소리라고 나무랐지만 점차 생각이 바뀌었다. 주변에서도 지금이 어느 세상인데 매 맞고 사느냐며 일찌감치 헤어지라고 권했다.

술이 깨면 샌님이 되는 남편, 남에게 싫은 소리 한번 못하는 법 없이도 살 수 있는 남편이 망가지는 모습은 아내가 보기에도 가슴 아픈 일이었다. 사정도 해 보고 달래 보기도 했지만 나락으로 떨어지는 남편을 붙들 수가 없었다.

여러 달을 불면에 시달리며 고민하던 그의 아내가 일어나자마자 술병을 찾는 남편 앞에 서류를 내밀었다. 남편은 서류는 아랑곳없이 소주병을 땄다. 그 서류가 뭘 의미하는지조차 의식하지 못하고 술기운을 빌어 하루를 이어 갔다.

가장 진실하고 정직한 그

그는 누가 오라 하지 않아도 어김없이 찾아온다. 10대에게는 느린 걸음으로, 2, 30대에게는 2, 30킬로미터의 속도로, 4, 50대에게는 가속도를 내며 6, 70대에게는 쏜살같은 속도로 찾아와 갖가지 사연을 만들어 준다.

그 누구라도 변함없이 찾아오는 그를 막을 수는 없다. 싫다고 밀어낼 수도, 뿌리칠 수도 없다. 그저 그가 오는 대로 맞이하고 그에게 순응할 수밖에 없는 것이다. 누구나 언제 어디서든 공평하게 그의 방문을 받는다. 그는 만인에게 평등하다. 우주만물에게조차도 …….

그의 방문을 받고 얼어붙었던 대지가 기지개를 켜고 작은 생명들이 고개를 내민다. 앙상한 나뭇가지에 새 순이 돋고 햇살 받은 꽃나무가 화려한 자태를 뽐내며 우주의 법칙을 보여 주고 있다.

이 세상에서, 아니 우주에서 가장 진실하고 정직한 그가 있기에 인간은 생로병사의 괴로움도, 사랑하는 사람과 이별의 슬픔도, 실연의 아픔도 잊고 살 수 있다. 만약 그가 없다면 인간의 삶은 어떠할까.

지난 3월 28일 우리는 청천벽력의 사고를 접했다. 서해 백령도 부근에서 일어난 해군 초계함인 '천안함' 사고로 46명의 젊은 해군들을 잃었다. 감히 상상도 할 수 없었던 사고였다. 원인이 분분하더니 북한의 소행이란 결론이 나오고 있다.

잔인한 4월은 천안함 사고로 더 우울했다. 3000톤급이 넘는 해군 함정이 두 동강이 나고 승선한 해군 104명 중 58명은 구조되었으나 나머지의 행방이 묘연할 때, 행방불명된 해군의 가족과 동료 해군들과 그와 관련된 수많은 사람들이 가슴을 조이며 실종자를 찾았다.

구조과정에서 잠수부 한주호 준위가 살신성인하고 금양호가 실종되고 링스헬기가 추락했다. 일반 사람들이야 사고로 접하면 그만이지만 그 당자들의 고통과 슬픔의 크기는 어땠을까.

그 와중에도 그는 어김없이 찾아와 망각이란 약을 주고 고통과 슬픔을 잦아들게 만들며 큰 위로가 되도록 했다. 만약 그가 없었더라면 그 고통과 슬픔을 어찌 감당해 냈을까. 참 고마운 그다.

한평생 살아가면서 가장 못 믿을 건 인간이라고 단정하는 것은 감정의 기복이 심하기 때문이다. 화장실 갈 때 다르고 나올 때 다르듯이 필요하면 간을 내줄 듯하고 혈연지기처럼 가깝게 지내다가도 아니다 싶을 때는 등에 칼을 꽂는 인간들의 추함을 보면서 그에 대한 신뢰감은 배가 되었다.

백년해로하겠다고 결혼한 부부가 이혼장에 도장을 찍는 일이 허다하고, 죽도록 사랑한 연인들이 변심을 하고, 믿는 도끼에 발등 찍는 일이 난무하는 이 세상인데, 그는 변심도, 변절도 모른다. 삼라만상에게 골고루 빛이 되고, 살이 되고, 약이 되고, 희망을 주며 찾아온다.

그렇게 찾아와 세대교체를 해 주고, 절망에 빠진 사람에게는 희망을, 실연의 아픔을 겪는 연인들과 고통에 시달리는 사람들에게는 망각의 약을 가져다 주며 불변의 진리요, 최상의 진실과 최고의 정직을 보여 주며 유구한 역사를 만들어 간다.

이 세상에서 믿을 것은 오직 그뿐이다. 누가 오라 하지 않아도 찾아오고, 온갖 천재지변과 청천벽력에도 굴하지 않고 소임을 다하고 있는 그는 그렇게 우주가 존재하는 한 누구에게나 찾아와 줄 것이다. 참 믿음직하고 고마운 그는 시간이요, 세월이다.

변함없이 찾아와 고락을 함께해 주며 내일이란 희망을 안겨 주는 그를 조금이라도 닮고 싶다. 살아가면서 누군가에게 작은 힘이나마 도움이 되는 그런 삶을 살고 싶은 것이다.

길상사의 옛 주인

　길상사란 이미지가 절하고는 전혀 다르게 느껴져 가 보고 싶던 차에 마침 갈 기회가 생겼다. 지기 몇 명과 지하철 4호선을 타고 한성대 입구에서 내려 6번 출구로 나갔더니 길상사 셔틀버스가 있어 초행이었지만 아주 편하게 갈 수 있었다.

　법정 스님의 입적으로 더 많이 세간에 오르내리던 길상사는 삼각산을 뒤로 하고 성북동 언덕배기에 나앉아 시가지를 내려다보고 있다. 역시 생각했던 대로 일반 절하고는 분위기가 사뭇 다르다.

　인적이 드문 이른 시간, 알록달록한 연등들이 미풍에 하늘거리며 소망하는 분들의 극락왕생을 빌어 주는 듯하고, 오래된 거목에 열매처럼 주렁주렁 매달려 있는 풍선 모양의 연등이 퍽 인상적이다. 후미진 곳엔 돌아가신 분들을 위한 흰 연등들이 고요하게 자리를 지키고 있다.

　오월의 햇살이 싱그러움을 한껏 몰고 와 고요한 사찰 안에 풀어놓는다. 코를 스치고 지나는 향기를 따라갔더니 지척에 라일락꽃이 수줍게 고개를 내밀고 있다. 자애로운 봄빛이 내려앉은 적막이 감도는 사찰 분위기가 경건한 마음을 갖게 한다. 거기에다 곳곳에 붙은 '묵언(默言)' 이란 푯말이 더 입을 다물게 한다.

아름드리나무 사이로 아주 작은 건물들이 눈에 띈다. 예전엔 어떤 용도로 사용했건 지금은 스님들이 그곳에서 참선 중이다. 우거진 숲 사이로 난 오솔길을 걸으며 길상사의 옛 주인을 생각했다.

길상사로 바뀌기 전 '대원각' 이란 고급 요정을 운영했다는 김영한 보살(1916~1999), 가정 형편이 어려워 16세의 나이로 조선 권번에 들어가 궁중아악과 가무를 배우며 스승의 도움으로 일본 유학 생활도 했단다. 1935년엔 조선어학회 회원으로 활동하며 인텔리 기생으로 각광을 받기도 한 여인을 생각하면 가슴 저편에 아릿함이 밀려온다.

기명이 '진향' 인 김영한은 조선어학회에서 활동한 해관 신윤국 선생님의 제의로 일본으로 유학을 떠났으나 신윤국 선생님이 투옥되었다는 소식을 듣고 귀국한다. 선생님을 면회하기 위해 함흥으로 갔다가 거절당하자 함흥 권번에 들어가면 높은 사람들과 법조계 사람들을 만날 수 있고, 그러면 신윤국 선생님도 면회할 수 있을 거라는 생각으로 그토록 싫어하던 권번에 다시 들어갔던 것인데, 운명의 큐피드 화살은 뜻하지 않은 곳에서 날아들었다.

함흥에서 제일 큰 요릿집인 '함흥관' 으로 나갔던 첫날, 영생고보의 교사 이임 송별 회식 자리에서 영어교사였던 26세의 시인 백석을 만나게 된 것이다. 둘은 첫눈에 매료되어 사회의 질시를 받으면서도 청춘을 불태운다.

그러나 그 시대의 냉혹한 봉건사회는 그들의 사랑을 인정하지 않았고, 백석은 부모의 뜻에 따라 다른 여성과 결혼한 뒤에도 진향을 찾아와 사랑을 확인하고 사실혼 생활을 이어 간다.

세 번째 결혼한 백석은 은둔한 진향을 찾아와 함께 만주로 떠날 것을 요구했지만, 양가의 분란이 잠잠해질 때까지만 떨어져 있을 양으로 거절한 게 영원한 이별이 될 줄 몰랐다던 여인 김영한은 평생 가슴에 연인을 묻고 살아간다.

83세로 세상을 떠날 때까지 일편단심으로 백석을 그리워하며 살았던 그녀는 20여 년 동안 연인의 생일날인 7월 1일엔 음식을 입에 대지 않았단다.

1953년에 만학으로 중앙대 영문과를 졸업한 후, 백석이 지어 준 아명인 자야(子夜)란 필명으로 쓴 에세이집 『내 사랑 백석』과 「백석, 내 가슴속에 지워지지 않는 이름」이란 작품을 통해 연인에 대한 애틋한 마음을 표출한다.

연인에 대한 그리움과 사랑은 그것으로 끝나지 않고, 1997년에는 2억 원을 출연하여 백석문학기념사업운영위원회를 결성하도록 하여 '백석문학상'이 탄생하는데 기틀을 마련해 준다.

1996년 당시 고급 요정인 대원각을 운영하여 이룬 재산 천억 원대인 칠천 평의 땅과 40여 개 동의 건물을 조건 없이 시주한 것을 보면 보통 여성이 아니다. 법명이 길상화인 김영한 보살은 1987년 법정 스님의 『무소유』를 읽고 감명을 받아 시주를 결심했다고 한다. 1999년 12월 '길상사'가 창건되기까지 무소유를 내세우며 시주 받기를 거절했던 법정 스님의 뜻을 꺾는데 10여 년의 세월이 필요했다니 놀라울 뿐이다.

길상사는 두 분의 작품인 셈이다. 그래서일까. 건물들과 우거진 숲과 아름드리나무들이 색다르게 와 닿는다. 어느 사찰에서는 느낄 수 없는 뭔가가 있다. 곳곳에 사연이 스며들어 있는 것처럼 보인다. 인적이 드문 숲길을 걸으며 김영한 보살과 법정 스님의 족적과 무소유의 의미를 되새겨 본다.

36년 만에

여고 동창회를 한다 해서 설레는 맘으로 그날을 기다렸다. 36년 만이다. 강산이 세 번이나 바뀌었고, 지금도 바뀌고 있는 중이다. 얼마나 변했을까. 그리운 친구들을 모두 만날 수 있을까. 평균 성적 올리기 내기로 빵을 사 주고 받아먹기 했던 옥이도 올까. 소식이라도 들을 수 있겠지. 3학년 담임이셨던 은사님 세 분과 다른 두 분도 오신다니 기대가 되었다.

막 출간된 『복희 이야기 1』 개정판 5권에 서명해서 챙겨들고 집을 나섰다. 친구와 미리 약속한 장소에서 어떤 분이 오실까 몹시 궁금해하던 두 분의 선생님을 반갑게 만났다. 36년이면 긴 세월이다. 선생님들도 세월을 비껴가지 못하고 평준화를 향해 달려가고, 스승과 제자가 함께 오는 세월을 온전히 흡수하고 있는 중이었다.

신촌에 있는 빌딩 안으로 들어가자 '부안여고 12회 동창회' 란 현수막이 반긴다. 여고 시절이 뭉텅이로 밀려와 행사장에 뿌려지고, 갑자기 흑백 영사기가 돌아가듯 한다. 이 모임을 주선하기 위해 일일이 전화로 확인하고 연락하며 수고를 아끼지 않았던 몇몇 친구들 덕분에 편안 맘으로 반가운 동창들을 만났다.

일찍 도착하여 접수처에 있다 보니 반가운 친구들과 하나하나 악수하고 눈을 맞추며 시공을 뛰어넘어 그때 그 시절로 돌아갔다. 반별로 이름표까지 달아 줘 가물거리던 이름들이 금세 생생하게 떠오르고 좌석도 반별로 앉으니 영락없는 여고 시절이다.

외부에서 초청한 사회자의 진행에 따라 알찬 프로그램이 진행되었다. 함께 동행했던 두 분 여선생님이 동창인 줄 알고 "너는 누구냐? 쟤는 누구냐?"고 묻는 친구들이 있어 유쾌한 웃음을 빚어내기도 했다.

몰라보게 변한 친구도 있었지만 대부분은 옛 모습을 지니고 있는 동창들과 여고 시절로 돌아가 손에 손 잡고 교가를 부르고 「여고 시절」을 부르며 또 하나의 추억을 만들었다.

억만년 이어나갈 우리 고장에, 새나라 새 살림을 이룩할 우리.
줄기찬 노령산맥 봉우리 닮아, 빛나는 우리 학원 키워 나가세.
지덕을 바로 닦아 조국에 바쳐, 빛내자 부안여고 길이 빛내자.

황해의 넓은 가슴 벅차는 고장, 별보다 아름답게 꾸며 갈 우리.
진리도 배워서만 찾아오는 것, 태양과 견주어서 길이 빛내자.
지덕을 바로 닦아 조국에 바쳐 빛내자 부안여고 길이 빛내자.

변산도 아름다운 우리 고장에, 새나라 주춧돌을 세워 갈 우리.

알뜰히 배우고 굳세게 닦아, 빛내자 우리 학원 부안여고.

지덕을 바로 닦아 조국에 바쳐, 빛내자 부안여고 길이 빛내자.

학교 다닐 땐 몰랐는데 문학의 길을 걷고 보니 교가의 가사와 곡이 새삼 귀하게 느껴진다. 부안군에 여고가 처음 개교한 것은 1961년 4월 4일, 신석정 시인이 고장 분으로 교가를 작사한 것은 인지상정이었을 것이나, 김동진 작곡가가 어떤 사연으로 우리 학교 교가를 작곡하시게 되었는지 몹시 궁금하다.

점심을 먹으며 즐거운 시간을 보내고 분위기 따라 2차, 3차까지 따라 갔다. 저녁식사까지 해결하며 오지 못한 친구들 소식도 들었다. 이미 저세상으로 떠난 친구도 있었지만, 저마다 건강하게 열심히 살고 있는 동창들이 자랑스럽고 고맙기까지 했다.

지천명을 넘어선 동창들은 핸드폰에 저장된 손녀, 손자들 사진을 보여 주며 자랑이다. 요즘은 손녀, 손자 자랑하면 돈을 주면서 쫓아낸다고 떠들었지만, 귀여운 손자손녀들에게 덕담 한마디씩 던졌다.

여고 동창회에서 36년이란 긴 세월이 안겨 준 그리움을 해소하기에 충분했고, 기대했던 만큼 유쾌하고 행복한 시간을 보내고 돌아와서도 진한 여운이 오래도록 남아 밤잠을 설쳤다.

소문의 진실

'발 없는 말이 천리 간다.' 와 '아니 땐 굴뚝에 연기가 나랴.' 란 속담은 서로 배치되는 말로 이현령비현령(耳懸鈴鼻懸鈴)과도 같다. 자기 편리한대로 해석되는 속담이기 때문이다.

남 말하기 좋아하는 사람의 입에서 나온 재미로 한 말이 꼬리에 꼬리를 물고 천 리를 달리면서 살이 붙고 붙어 침소봉대(針小棒大)해진다. 그 소문의 대부분은 부정적이고 인신공격형이기 때문에 한 사람의 인생을 수렁으로 빠지게도 한다.

내가 한 친구의 소식을 전해 듣게 된 것은 여고 시절 음악 선생님의 부탁을 받고 알아보는 과정에서였다. 그 친구는 음악 선생님과 친하게 지내며 왕래하다가 어느 날 갑자기 소식을 끊었다는 것이다.

선생님은 통화할 때마다 그 친구의 소식을 물었다. 어디에 사는 지 뭘 하며 지내는지 몹시 궁금해하셨다. 선생님은 동창 K가 결혼도 안 하고 아들 낳은 것까지는 알고 있었지만 난 K에 대해 아는 것이 없었다.

안 좋은 소문은 빨리 도는 법인가. 어느 날 알게 된 소식은 안 들은 것만 못했다. 드라마에나 나올 법한 이야기여서 설마하면서도 어떻게 그럴 수 있느냐며 같은 여자의 입장에서 분개했다. 나뿐만 아니라 K의 소식을 접한 동창들 모두 그랬다. K가 절친한 동창 친구의 남편과 눈이 맞았고, 그 일로 동창은 약물로 자살 기도를 했다가 실패하자 남매를 두고 아파트에서 투신자살했단다. 죽은 그 친구의 집에 들어가 아이들의 새 엄마가 되었다는 K의 소식을 선생님한테 전할 수 없었다.

선생님은 여전히 K의 소식이 궁금했는지 동창들한테 연락처라도 알아봐 달라고 부탁하셨다. K도 선생님과 나만큼이나 절친하게 지냈던 모양이다.

36만에 열린 동창회에 갔던 것은 그리운 친구들이 보고 싶어서였다. 아니나 다를까 많은 소식을 접했다. 참석하지 못한 친구들 소식까지…….

인생은 한 편의 드라마다. 요즘 텔레비전 드라마는 부도덕과 비윤리가 판치는 막장 드라마라 욕하면서도 재미있게들 보는 모양이다. 우리네 할머니나 어머니들이 살아온 인생을 책으로 묶으면 몇 권은 될 거라는 말을 많이 들으며 자랐듯이 우리네 삶은 굽이굽이 많은 사연이 깃들어 있다. 비단 K의 인생뿐이던가. 친한 친구에게 배신감을 느끼고 저세상으로 떠난 동창의 삶도 드라마의 한 장면이 될 것이다.

이번 동창 모임에 갔다가 K의 소식도 들었다. 아주 자세하게 내막을 알고 있는 동창이 옆에 앉아서 조근조근 얘기를 해 줘 소문의 진실을 알게 되었다. 그 누구도 알 수 없었던, 그들의 가족과 친인척들조차 몰랐을 줄거리로 인생 드라마의 막을 내렸다.

소문만 듣고 비난했는데 진실을 알게 되니 마음이 한결 가벼워졌으나 암으로 투병하다가 3년 전에 세상을 떴다는 소식이 가슴을 아프게 했다. 동창 30여 명이 식사를 하는 중에도 한쪽에서는 내막을 모르고 벌 받아 죽은 것이라는 얘기도 들렸지만 그동안의 사정을 들으니 고개가 끄덕여진다.

K가 사귀던 남자의 아들을 낳아 늦은 나이까지 혼자 키웠단다. 사귀던 남자는 군대에 다녀온 뒤 다른 여자와 결혼했고 K가 키우던 아들마저 빼앗아 가자 K는 아들을 그리워하며 보육원 같은 곳에서 봉사하며 마음을 달랬더란다. 그러던 중에 친한 친구가 중풍으로 쓰러졌다는 소식을 듣고 멀리까지 찾아다니며 돕고자 했던 것인데, 운명의 큐피드 화살이 그녀의 심장을 가로질렀던 것일까. 그 내막까지는 알 수 없다.

투신자살한 친구가 어떤 생각을 하며 떨어졌는지 그것도 알 수 없다. 비관해서 떨어졌다고 볼 수 있지만 반대로 생각해 볼 수도 있다. 불편한 몸으로 사느니 자기 가족과 잘 지내는 친구를 위해 자신의 자리를 비워 준 것일 수도 있다.

나도 아주 오래전에 심하게 아팠을 때 어린 두 아이와 남편을 마음 놓고 맡길만한 여자가 있었으면 좋겠다고 생각한 적이 있다. 모르는 여자보다 친구이면 더 좋겠다는 생각을 한 것이다.

K의 입장에서 볼 때, 남자 측에 빼앗긴 아들 생각도 나고 어린 두 아이를 두고 떠난 친구 대신 아이들을 돌보고자 했는지도 모를 일이다. 한데 두 아이에게 원망을 많이 들으며 살았단다. 이모라 불렀던 엄마

의 친구가 새 엄마로 둔갑한 사실을 받아들이기 힘들었던 것일까. 헨젤과 그레텔이 된 심정이었는지도 모르겠다.

어찌 되었든 K는 친구의 남편과 살면서 두 아이를 돌봤으나 속을 많이 태운 모양이다. 콩쥐팥쥐와 장화홍련전, 신데렐라, 헨젤과 그레텔 등에 새 엄마와 전처의 아이들과의 갈등이 적나라하게 나타나는 것을 보면 인간관계는 동서고금이 같은 모양이다.

K가 암으로 투병하다가 세상을 떴으니 죽은 자는 말이 없고, 발 없는 말은 지금도 천 리를 달리고 있는 중이다. 드라마틱한 K의 인생이 가엾다. 마음이 아프다. 그나저나 K의 소식을 궁금해하시는 선생님께 어떻게 이 사실을 전할지 막막하다.

K에 대한 소문의 진실을 알고 나니 연민이 앞선다. 앞으로는 그 어떤 소문이든 그대로 믿지 말자. 말 못할 사연이 있을 거라고 이해하는 쪽으로 받아들이자.

저세상으로 떠난 두 동창 친구의 명복을 빌어 본다.

욕 문화

욕이 언제부터 십대의 문화로 자리 잡기 시작했을까. 우리 어렸을 땐 할머니들이 욕하는 소리를 많이 듣고 자랐지만 성장하면서는 욕과 멀어졌다. 그래서 욕은 어렸을 때나 듣는 양념으로 알았는데, 요즘 아이들은 우리 때와는 다르다.

90년대 말, 살고 있던 아파트 옆에 딸이 다니는 여중학교가 있었다. 어느 토요일 오후 교문에서 쏟아져 나온 여학생들이 길가에서 욕하는 소리를 듣고 경악했다. 집에 와서 우리 아이들에게 그 얘기를 들려주었더니 나만 모르고 있었다는 듯 말했다. 중학교뿐만 아니라, 초등학교 다닐 때도 친구들이 거침없이 욕을 했다는 것이다. 혼날까 봐 집에서만 안 했을 뿐이라고 해서 또 한 번 충격을 받았다.

집안에서는 '계집애' 란 소리도 욕으로 알고 큰일처럼 굴었는데 길가에서 학생들이 주고받는 욕은 얼굴이 붉어질 정도였다. 그런데 십여 년이 지난 지금은 더하는 것 같다.

요즘 십대들은 욕을 입에 달고 산다는 통계가 나왔다. 남녀 구분이 없이 말끝마다 후렴처럼 욕지거리를 하면서도 아무 거리낌이 없다. 뜻도 모르면서 쓰는 경우가 허다하고 의미는 두지 않는 듯하다.

중학생인 막내가 올 시간이 되어 창밖을 보며 기다리고 있는데, 와자 지껄하며 참새 떼처럼 몰려오는 아이들이 있었다. 지름길인 뒷산을 이용하여 등하교하는 단지 내의 학생들이었다. 산 중턱에서 친구들과 헤어지는 듯하더니 욕하는 소리가 똑똑하게 들렸다. "ㅆ ㅍ ㄴ 아."

설마 내 아이는 아니겠지 하며 방향이 달라 혼자 내려오는 학생을 보니 막내였다. 내 아이 입에서 그런 상욕이 나왔다는 게 믿기지 않았다. 어린애한테 욕먹은 기분이 들어 등에 땀이 배고 목덜미에서 열이 솟았다.

아이가 현관문으로 들어오기를 기다렸다가 어떻게 아들 입에서 그런 욕이 나오는지 이해되지 않는다고 했더니 그것쯤은 별것 아니란다. 더 심한 욕을 얼마나 많이 하는지 엄마가 몰라서 하는 소리라며 아무렇지도 않게 넘어가려 한다. 방에서 공부하고 있던 저의 누나가 나와서 한마디 한다. 10년 전 누나 중학 시절에도 욕 문화가 있었다며 욕하면 없어 보이고 머리가 비어 보이니까 하지 말라고 타이른다.

집에서는 'ㅅ' 소리조차 듣지 못했는데 어쩌다가 천진난만하고 순수해야 될 어린 아들딸들이 스스럼없이 욕을 하는 것일까. 그 욕들은 어디서 배웠을까. 정보화 시대의 영향이 유행을 급속도로 전파시키고 있는 모양이다. 누군가가 재미로 썼던 한마디가 일파만파로 퍼져나가 십대들을 오염시키고 있는 것이다.

십대들이 우상처럼 여기는 방송가의 연예인, 배우들이 출연한 조폭 영화도 한몫을 하고 있다. 대사 중에 어쩌다 한 번씩 나오면 대리 만족이나 카타르시스의 효과가 더할 텐데, 상욕이 일상화된 영화가 인기를 누리고 있다. 어느 날부터인가 욕이 아무런 가책 없이 유행처럼 번지기 시작했고 문화의 한 부분으로 자리를 잡게 되었다. 결코 옳지 않은 문화다.

아날로그 세대인 어른들이 거름망이 되고, 도덕 선생이 되어 디지털 세대들을 인도해야 되는데 속도가 빠른 아이들을 따라잡을 수가 없다. 밥상머리 교육을 통해서 가정교육을 잘 시킨다 해도 한 발 나서면 다른 세계다. 집안에서 보는 자식하고 밖에서 행동하는 자식이 다른 것이다.

우리의 아이들이 욕 문화에서 빨리 빠져나올 수 있도록 부모들이 '욕 안하기 운동'이라도 벌여야 하지 않을까.

한때 욕쟁이 할머니가 운영하는 음식점이 문전성시를 이뤄 매스컴을 타기도 했다. 정장을 입은 신사들이 말끝마다 욕을 해대는 할머니 음식점 앞에 줄서서 기다리는 것을 보며 이해되지 않았다. 정말 음식이 맛있어서였을까. 어렸을 때 어머니한테 들었던 욕이 그리워서였을까. 아니면 본인이 하지 못하는 욕을 대신해 줘 대리 배설의 통쾌함이 전해지기 때문이었을까.

인생을 살아 본 할머니들의 욕하고는 다른 십대들의 욕 문화를 인정하기보다는 한때의 유행으로 끝나길 바랄 뿐이다.

인연(因緣)

　인연은 태어나면서부터 시작된다. 부모로, 형제자매로, 이웃으로, 친구로, 사제지간이나 동료로 시작된 인연은 인생을 다채롭게 조명해 주다가 생을 마감해서야 비로소 인연의 끈도 놓게 된다.

　살아가면서 어떤 사람을 만나느냐에 따라 인생과 운명이 달라지기도 하는데, 좋은 사람과 인연을 맺고 누군가에게 덕이 되는 사람이고 싶은 것은 인지상정이다.

　우리 인생에서 소중한 인연 아닌 게 어디 있을까만, 부모 자식으로, 스승과 제자로, 부부로 만나는 인연이야말로 가장 고귀하다 할 수 있다. 그중 스승과의 만남은 운명과 인생길에 지대한 영향을 미치게 되는데 내 경우도 다를 바 없다.

　자신 있게 직장 생활하던 20대를 인생의 황금기라 자부하며 보내다가, 30대에 결혼하면서 전업주부라는 직함을 얻고, 늦깎이 공부를 하며 정체성을 찾고자 자문하곤 했다. 나는 누구인가? 애들 엄마이고 한 남자의 아내이며 며느리이고 딸일 뿐인가.

20대 중반부터 글쓰기를 했지만 작가란 너무 먼 곳에 있었다. 신춘문예를 통해서만 작가가 될 수 있다고 믿었기에 연말만 되면 불면증을 앓으며 글쓰기에 심취했다. 그러면서 40대를 맞았다. 우연히 여성백일장에 나간 것을 계기로 안양화요문학 동인이 되었고 등단의 길도 알게 되었다.

서점에서 눈에 띄는 수필 계간지 『현대수필』을 사서 통독한 뒤 응모했다. 1999년 3월 15일에 등기우편으로 발송했는데 놀랍게도 다음 날 희소식이 왔다. 가슴이 쿵쾅거리고 기분이 들떠 아무것도 할 수 없었다. 저 산 너머에 있는 무지개가 손에 잡힐 듯했다.

만나기로 약속한 날은 3월 18일 목요일이었는데 봄비가 억수같이 쏟아졌다. 잘 가지 않던 미용실에 가서 머리 손질도 하고, 생전 사용해 본 적이 없는 향수까지 뿌리고 세 살배기 막내를 작은 올케에게 맡긴 뒤 서초동으로 가는 버스에 올라탔다.

온갖 생각들이 꼬리에 꼬리를 물며 이어졌다. 한 시간가량 걸리는 거리였는데도 금세 도착했다. 서초동 르네상스 오피스텔 902호 앞에 섰는데 숨이 멎을 것 같았다. 초인종을 눌렀고 곧 문이 열렸다. 북적북적한 출판사를 생각하고 갔던 것인데 책장으로 둘러싸인 조용한 사무실이었다.

전업주부로 나앉은 10여 년 동안 우물 안 생활로 매사에 자신이 없고 잔뜩 주눅이 들어 있는데 선생님이 물었다. 어디에서 공부한 적이 있느냐고. 글쓰기는 좋아하지만 특별히 공부해 본 적은 없다고 말씀드렸다. 윤재천 선생님과의 인연은 그렇게 시작되었다.

당시 어린 늦둥이가 있어 일주일에 한 번씩 서초동으로 공부하러 가기가 쉽지 않았지만 머리 위로 내려온 무지개를 잡기 위해서 내 딴엔 모험을 했다. 아기를 올케에게 맡기기 위해 버스를 몇 번 갈아타야 했고, 공부가 끝나면 맡겼던 아기를 데리러 가야 했다. 그 생활은 막내가 유치원에 다닐 때까지 계속되었다. 등단하고 작가가 되는 데는 윤재천 선생님과 가족들의 성원이 있었기에 가능했던 것이다.

1999년 말에 등단하고 2001년에 첫 작품집을 내기까지는 용기가 필요했다. 습작품이 많이 있었지만, 등단한 지 얼마 되지 않은 상태에서 남의 가십거리가 될까 봐 두려워 엄두도 못 내고 있었다. 그때 윤재천 선생님은 열심히 한 사람을 누가 뭐라고 하겠느냐며 출간할 수 있도록 이끌어 주셨다. 선생님 격려 덕분에 첫 작품집 『마흔에 만난 애인』이 출간되었다.

윤재천 선생님은 수업 중에 "스승을 뛰어넘어라, 작가는 삼 년에 한 번씩 작품집을 낼 수 있어야 한다."는 말씀을 자주 하셨다. 그만큼 작품 활동을 열심히 하라는 뜻이었다. 수긍이 가는 말씀이어서 3년에 한 권씩을 출간하려고 노력 중이다. 2002년 『현대수필』 편집위원이 되었을 때, 자격 미달인 채 편집위원이란 이름을 내걸기가 참 부끄러웠다. 그래서 국어문화운동본부에서 개강한 국어 문장사 공부를 시작했다. 저녁에 나가야 하는 어려움 때문에 가족들의 반대가 극심했다. 하지만 편집위원이라는 이름값을 하기 위해 버스와 지하철을 갈아타고 광화문에 있는 한글회관에 다니면서 공부했다. 편집위원이 아니었다면 엄두도 못 낼 일이었다.

그렇게 공부한 보람으로 국어 문장사 자격증을 획득하여 현대수필지의 교정뿐만 아니라 외부에서 들어오는 일까지 맡아 교정하며 일하는 즐거움을 맛보았고, 지금도 집에서 문장사 일을 하고 있다.

매사에 빈틈이 없고 꼼꼼하기로 소문난 선생님이 어느 날부터인가 컴퓨터 자판을 익히시더니 긴 서평이나 작품을 손수 워드해서 메일로 보내왔을 때는 정말 놀라웠다. 거기다 더 놀란 것은 선생님의 작품을 교정보다가 잘못된 부분이 있으면 고치라고 믿고 맡겨 주신 일이다. 어떻게 감히 선생님의 글에 손을 댈 수 있단 말인가.

선생님은 부담스럽고 불편했던 내 마음을 읽기라도 하신 듯 수업 중에 "내 글도 고칠 필요가 있으면 고쳐 달라고 제자에게 부탁한다." 며 당당하게 말씀하셨다. 수필계의 대가이고 원로이신 선생님 위치에서 그렇게 하기란 쉽지 않은 일인데도 말이다.

선생님이 수필계에 남긴 업적 중에서 회자될 만한 일은 '수필의 날'을 제정한 일과 1994년부터 매년 자비로 출간한 『수필학』을 전국 도서관이며 문학잡지 관계자들에게 보내 주고 있는 일이다. 발송 작업도 쉽지 않은 일을 선생님은 한결같은 마음으로 십수 년 동안 해 오고 계신다.

17집까지 나온 『수필학』은 수필가들에게 귀한 지침서가 되고 있다. 나 또한 『수필학』8, 9집을 읽고 동(童)수필집 『복희 이야기』1, 2권을 출간할 수 있었다. 만약 현대수필의 윤재천 선생님과 인연이 없었다면 감히 이루지 못할 일이었다.

현대수필에서 공부할 때는 몰랐는데 떠나고 보니 크고 작은 일들이 추억이 되어 주마등처럼 스쳐 지나간다. 부득불 떠날 수밖에 없어 말 없이 떠나온 것이 마음에 걸리긴 하지만, 『현대수필』은 내게 있어 호적 등본과 같고 선생님은 내 인생의 전환기를 맞도록 해 주신 분이기에 잊을 수 없다.

어느새 선생님 연세가 팔순이라니! 새삼 선생님과의 인연을 돌아보게 된다. 부디 강건하시어 『현대수필』이 창대히 발전하는 것을 오래오래 지켜보시길 간절히 기원해 본다.

그 입장에 처하고 보니

또 한 살을 먹기 위해 몸살을 앓고 있다. 나이 먹는다는 것은 신체의 변화를 몸소 느낀다는 것일까. 몸의 리듬이 깨지기 시작한 것은 최근 일이 아닌 데도 새롭다.

온몸을 부대끼며 불면의 밤을 보내고 침상에 누워 창밖을 본다. 우거 졌던 숲이 휑하다. 앙상하게 헐벗은 나목들이 골바람에 휘청거린다.

입센의 『마지막 잎새』가 떠오른다. 메마른 줄기에 마지막 남은 잎사 귀 하나가 꺼져 가는 생명을 소생시킨 이야기가 마음에 와 닿는다.

아파서 혼자 조용히 누워 있으니 시골에 계신 시어머니와 친정어머 니가 생각난다. 문 걸어 잠그고 아파서 누웠다가 죽어도 아무도 모를 것이라는 말이 귓가에 맴돈다. 건강할 때는 그러려니 했는데 그 입장 에 처해 보고서야 귓등으로 흘렸던 말들이 피부로 느껴진다.

시어머니야 집성촌인 시골에 계셔서 어머니가 기동을 안 하시면 친 인척들이 찾아가 보지만, 읍내에 혼자 사는 친정어머니는 혼자여서 무슨 일이 생겨도 아무도 모를 것이다.

혼자 사는 노인들의 비애가 어찌 내 어머니들뿐이겠는가. 갈수록 수명은 길어지고 경제력 없이 혼자 외롭게 지내는 독거노인들이 늘어나고 있는 추세다. 제일 큰 보험은 건강이라는 것을 알지만, 몸이 내 뜻대로만 되던가.

숲 위로 비행기가 지나간다. 비행기에 탑승한 사람들은 얼마나 자유로울까. 꼼짝 못하고 누워 있으니 갑자기 여행객들이 부러워진다. 건강해야 여행도 다니지 나이 먹어 여행 가면 민폐가 된다며 한 살이라도 젊었을 때 여행 다니라는 말을 자주 듣는다.

그럴 것도 같다. 대부분 여행사를 통해 여행을 하다 보면 여행사 프로그램에 따라야 하기에 바쁘게 움직이지 않으면 안 될 것이다. 뒷산만 올라가더라도 일행에서 뒤처지면 시간을 지체하게 하는데, 하물며 해외여행에서 말할 것도 없겠지.

열 자식 있어도 부모 모시는 자식은 하나라더니 세 아이 중 유독 어린 막내만 엄마가 염려되어 물 컵을 입에 대 주며 애처롭게 바라본다. 나 역시 성인이 된 큰아이, 둘째아이는 염려되지 않으나 아직 미성년인 막내가 염려된다. 세 아이가 결혼하여 안정된 가정을 꾸려 가는 걸 보는 게 소망이다.

부부가 손을 맞잡고 자주 하는 말이 건강관리 잘하여 노후를 잘 보내자 했는데 자주 몸져눕는다. 면역력이 떨어졌거나 너무 무리하게 활동한 탓이거나 나이 탓일 거라고 했더니 아픈 것을 당연하게 생각하지 말라고 딸아이가 일침을 놓는다.

가끔 아파 보는 것도 괜찮을 것 같다. 그 입장에 처해 봐야 두 어머니의 심정을 이해하고, 투병 중인 사람들도 이해할 수 있을 것이며 내 빈 자리를 가족들이 느낄 수 있을 테니까. 그래서 역지사지(易地思之)라는 말도 있는 것이리라.